어부의 딸

어부의 딸

초판 1쇄 인쇄 | 2022년 8월 12일
초판 1쇄 발행 | 2022년 8월 22일

지은이 | 남외경 (010-6722-6688, 국민은행 010 6722 6688)
펴낸이 | 김용길
펴낸곳 | 작가교실
출판등록 | 제 2018-000061호 (2018. 11. 17)

주소 | 서울시 동작구 양녕로 25라길 36, 103호
전화 | (02) 334-9107
팩스 | (02) 334-9108
이메일 | book365@hanmail.net

사진 | 남외경
그림 | 이명례
인쇄 | 하정문화사

ⓒ 2022, 남외경
ISBN 979-11-91838-10-7 03810

＊책값은 뒤표지에 표기되어 있습니다.
＊잘못 만들어진 책은 구입처에서 교환해 드립니다.

어부의
딸

남외경 지음

작가
교실

책을 내면서

유년회람 〈어부의 딸〉을 쓰기 시작한 지 4년째다.

그리움과 애틋함과 얼얼함과 아련함까지, 표현할 수 있는 모든 형용사를 들먹여도 부족한 무엇인가가 내 속에 있다.

내 뇌가 기억하는 첫 장면은 바닷물빛과 파도소리다.

우리 집 처마에 닿는 햇살이 꽂히는 지점이 바다였다. 돌담과 물결 사이엔 작은 길이 있었고 중간쯤에 타작마당이 있었다. 내 유년의 회로는 끝없이 그 길을 따라 이어진다.

아직도 못다 한 말이 수북이 남았다. 새록새록 돋는 추억의 그 길을 쉬지 않고 유람할 생각이다.

어른이 되면서 '예의'를 화두로 삼았다. 그 속에는 '나무에 대한 예의'도 들어있다. 과연 내가 쓴 글이 수십 년 자란 몇 그루의 나무를 훼손할만한 가치가 있는가를 오래도록 고민했다.

읽히지 않는 글은 쓰레기다. 내 글이 그런 취급을 받을까봐 두려웠다. 점검의 과정인 카카오스토리와 페이스북을 통해 내 글을 좋아하는 독자를 만났고, 그분들의 박수에 용기를 얻었다.

나는 책 빚이 많다.

글 쓰는 지인들께 선물 받은 책에 대한 빚은 그대로 남겨두려 한다.

그리고 고백한다. 받은 귀한 책들을 책장도 넘기지 않은 채 쌓아 둔 적이 많았음을.

그러면서도 이런 욕심을 부린다.

내 책은 누군가에게 읽혀지기를.

공감으로 고개를 끄떡여주시길.

그대의 어린 날과 닮았다고 웃음 지어주시길.

옴마와 아부지와 할매를 기억해내시길.

옛 동무에게 전화를 걸어주시길.

폰을 열고 어린 시절의 기억을 회람하여 몇 줄이라도 적어주시길.

2022년 8월, 한 가수의 팬으로 만난 언니들의 삶을 응원한다.

'할매 안에 소녀 있다'

다소 나이 든 소녀들이여, 힘내시길!

| 차례 |

1장 　나

2장 옴마

3장 아부지

4장 할매

5장 아이들

6장 사람들

7장 바다

8장 들녘

1장

나

코흘리개, 여학생이 되다

1968년 3월 5일.

경남 고성군 동해면 내산리 160번지 남외경.

류만순, 우리 할머니가 몇 달 전에 준비해 두신 남색 주름치마 원피스와 흰브라우스에 앞머리를 정수리 오른쪽으로 묶고, 작은 가방을 메고 집을 나섰다.

일본에서 몇 년 동안 살다 오신 할머니는 자신의 손으로 일본식 교복을 만들어 맏손녀인 내게 입혀주신 것이다.

막개부락의 내 또래는 모두 12명인데 그중에 여학생은 상선이와 나, 둘이었다. 섬 안에는 윤영렬이, 이웃에는 강형식과 이철구가, 맞은편에는 이양구와 진춘근이, 건너편에는 조규웅과 이기만, 작은 막개에 오점호와 이명구가 같이 입학한 또래들이다.

막개에서 그해에 태어난 12명 중에 2명은 이미 세상을 떠났다. 기만이는 20대에, 춘근이는 50대에 우리 곁을 떠나버렸다.

목섬의 골목을 지나면 몇 채의 집이 있고, 김생원 할배의 멸치 어장을 지나 왼쪽으로 길을 틀면 작은 개울이 흘렀다. 개울을 지나 오르막길을 쉬지 않고 걸으면 곧 전도고개에 닿았다.

오른편으로는 공동묘지가 왼쪽은 산등성이 이어졌다. 어린아이에게 공동묘지는 얼마나 무서운 장소였던지, 그곳을 오르내릴 때마다 등줄기에 식은땀이 흐르곤 했다.

금방이라도 소복을 입은 귀신이 나타나서 낚아채 갈지도 모른다는 막연한 두려움이 온 마음을 휘저었다. 전도고개를 지나 내리막길을 한참 달리면 아름드리 팽나무가 숲을 이루는 쉼터가 있었다.

그해 봄, 팽나무숲의 어린 새순은 아기새의 혓바닥처럼 여리고 고왔다.

학교까지 가는 십 리 길은 언덕과 고개, 논둑길과 오솔길이 차례대로 이어졌다. 범바위골을 지나는 즈음엔 작은 시내가 흘렀고 어린아이들의 보폭은 그 시내를 건너기에 아슬아슬했다.

방성지 고개를 넘으면 학교 정문에 꽂힌 태극기가 보였다. 8살짜리 신입생들은 왼쪽 가슴에 가아제(繃帶), 손수건을 옷핀으로 단정히 꽂고 선생님 말씀을 쫓아 병아리처럼 종종거리며 따랐다.

아이들은 유난히 코를 많이 흘렸고, 리듬을 타듯이 홀쩍이거나 손등 위의 옷깃으로 코를 닦았다. 검정 고무신은 자주 벗겨졌고 보자기에 책을 둘둘 말아 허리에 차거나 어깨에 비스듬히 메어 앞가슴팍에서 묶은 책 보따리는 자주 헐거워졌다.

그래도 아이들은 밝고 명랑했다. 여학생들은 순수하고 소박했으며 남학생들은 너나없이 개구졌다.

벚나무에 기대서서

동해국민학교 정문을 들어서면 벚나무가 우리를 반겼다. 벚나무는 일제강점기에 심어져 교사(校舍) 앞을 지키는 병정처럼 늘어선 모습이었다. 거칠고 드센 벚나무 검은 수피에 개미들이 떼 지어 몰려들곤 했다.

풋내 폴폴 풍기는 동해국민학교 1학년 여학생이 되어 나는, 운동장에서 열리는 조회때마다 맨 앞줄에 서서 기준이 되곤 했다.

체육 선생님은 맨 앞에 선 아이들에게 큰 소리로 "기준!"을 외치도록 했는데, 그때마다 내 키가 작다는 사실을 인정하게 되었고 부끄러움으로 얼굴이 빨개진 채 내 키보다 몇 배나 큰 벚나무를 부러워했다.

3반까지 늘어선 친구들은 여학생 두 줄과 남학생 두 줄로 일렬을 맞춰 교장 선생님의 훈시를 들었다. 누군가는 고무신이나 운동화 앞코로 운동장에 작은 구멍을 팠고, 누군가는 앞 친구의 목덜미를 꼬집거나 머리카락을 잡아당기기도 했다. 아프고 따끔거려도 감히 싫다거나 신음조차 내지 못하던 시절이었다.

교장 선생님은 너무나 근엄하셨고, 앞줄에 서 계신 선생님들은 벚나무처럼 크셨다.

그 봄에 벚나무들은 새하얀 꽃들을 흐드러지게 피워 올렸다. 세상에나~ 이렇게 많은 꽃들이 한꺼번에 피다니. 벚꽃의 화사함과 한꺼번에 져버리는 멸망을 처음으로 알았다.

꽃들은 한 순간 불꽃처럼 피었다가 며칠 뒤 지진처럼 무너져 내렸다. 탄생과 소멸의 적나라함을 누가, 그 무엇이 벚꽃만큼 처절히 증명할 수 있으랴!

나는 학교에서 십 리나 떨어진 바닷가에 살았고, 맏이로 태어났기에 입학할 때까지 학교에 가 볼 기회도 없었다. 학교 근처에 살거나 언니나 형들이 있는 친구들은 먼저 경험했을 벚꽃구경을 말이다.

벚나무는 꽃 진 자리에 잎을 틔웠고 넓은 그늘을 내렸다. 나는 벚나무에 기대거나 둥치를 안아보거나 맨 꼭대기의 가지를 가늠하면서 이웃한 나무 이름을 하나둘 외웠다. 언니가 있는 친구들은 확실히 빨랐고 나는 그때 학습의 효과를 믿게 되었다.

우리 마을에서는 또래 친구들이 죄다 머스마들이었고, 어쩌다 보니 내 위아래 연령대 모두 딸들이 귀했다.

마을에서는 여학생들이 하는 놀이를 배우지 못했는데 학교에서는 다양한 놀이들이 나를 사로잡았다. 고무줄놀이, 오자미놀이, 공기놀이, 비석치기, 땅따먹기 등이 있었는데 나는 모든 놀이에 젬병이었다.

더욱이 경험 부족인 나를 자기 편에 넣기를 꺼려하는 분위기를 읽고는 아예 편을 나누는 놀이에 끼려고도 하지 않았다. 순발력 부족에 학습 효과까지 없었으니, 나는 애초부터 놀이와는 가까워질 아이가 아니었다.

나는 주로 교과서를 보거나 담임 선생님이 빌려주시는 동화책을 읽으며 시간을 보냈다. 내 속의 고독과 자립심은 이때부터 움트지 않았나 싶다.

나는 독서와 사색으로 국민학교 1학년을 시작하게 되었다. 키 작은 6남매의 맏이, 어부의 딸에게 다가온 국민학교 생활은 경이롭고 새로웠다.

나는 세상 속으로 한 발자국 발걸음을 옮긴 것이었다.

똥뫼와 모자

학교에서 방성지고개를 지나 왼쪽으로 논둑길을 접어들면 묏등이 있었다. 구전으로 '똥뫼'라고 불려진 그곳은 걷다가 지친 아이들이 쉬기에 안성맞춤이었다.

묏등은 넓어서 술래잡기나 숨바꼭질하기에 더없이 좋았다. 훌륭한 놀이터를 그냥 지나칠 수 없는 아이들은 가방이나 책 보따리를 아무렇게나 던져놓고 신나게 놀았다. 그 똥뫼가 왕릉이거나 귀족들의 무덤이었단 사실은 한참 지난 뒤에 밝혀졌다. [소가야(小伽倻)는 여섯 개의 가야 가운데 신라 유리왕 19년(42년)에 경상남도 고성군 부근에 세워진 나라이다. 김수로왕과 함께 구지봉에서 태어난 6명의 동자 중에서 막내인 김말로(金末露)가 건국하였다. 고성군 일대를 중심으로… /위키백과]

똥뫼를 지나 범바위골 가는 길에 황씨 어르신 기와집이 있었다. 논둑길을 아슬아슬하게 건너온 아이들이 비로소 편하게 숨쉬기할 수 있는 자그마한 마당이 있는 집이었다. 실컷 노느라고 허기에 지친 아이들은 우물에 두레박을 던져 목도 축이고 고픈 배를 달랬다.

어르신은 기골이 장대하셨고 이목구비가 반듯하신 훤훤장부이신데다 인품도 넉넉하셨다. 둥글게 다듬은 나무막대기를 들고 논둑에서 물꼬를 틔우거나 모판에서 피를 뽑으시며 농사일에 열중이셨다. 가끔은 멋들어진 차림에 중절모를 쓰시고 외출에서 돌아오시는 모습을 뵈었다. 나는 예의 바르게 두 손을 앞으로 모아 잡고 인사를 드렸다.

일본에서 젊은 한때를 살다 오신 할머니는 일본식 예법 중에서 인사 잘하는 것을 가장 귀하게 여기셨고, 자신의 어린 손주들에게 누누이 가르치셨다. 나는 할머니의 가르침대로 누구에게나 인사를 잘하는 아이였지만 중절모를 쓰신 어르신이 너무나 멋있어 보였기에 더욱 공손히 인사를 드렸던 듯싶다.

그때 각인된 모자의 환상이 지금껏 이어져, 나는 의상 중에서도 특히 모자를 좋아하고 즐겨 쓰는 편이다.

어렸을 때의 특정한 기억, 각인된 의식, 유별난 습관은 그 사람의 인생에 중요한 역할을 하게 된다. 내게 있어서는 인사를 깍듯이 하는 습관, 공손한 말투, 모자를 즐기는 취향, 이런 것들이 유년에 각인된 인식의 결과물이다.

따지고 보면 이런 경우는 '누구'에게나 해당된다. 어린 시절 기억의 꼬투리를 잘 헤집어보면 자신의 현재 모습과 연루된 특별함이 기억의 창고에 오롯이 저장되어 있음을 확인할 수 있다.

20대 후반에 일본 여성 같다는 오해를 받은 적이 있었다. 경상도 여자치고는 공손과 싹싹함이 유별났단다. 나는 그때 직장에 다니던 중이었다.

학교 다닐 때야 별로 드러나지 않았지만 사회생활을 하면서, 나는 할머니의 교육법을 내보이게 된 셈이다. 할머니께 배운 인사법과 사람을 차별하지 않는 공손함과 내 나름의 인간에 대한 예의를 지키는 행동이었다.

누구나 결핍이 있다. 그 결핍이 사람을 성장시킨다. 채우기 위해 노력하고 상대방에게도 채움이 되려 애쓴다. 그 결핍을 좋은 방향, 건전한 방법으로 채워갈 때 사색은 깊어지고 사유의 지평은 넓어진다. 그러나 편집광적인 집착이나 욕심으로 전환되면 중독화될 수도 있다. 나는 그 행간을 유심히 보면서 살았다.

고향에 돌아와 주민자치회 일을 보면서 '내산리 고분군'을 더 자세히 들여다본다. 검포의 서어나무숲과 고분을 잇는 방법을 자

치회 위원들과 찾는 중이다. 내 어린 날의 똥뫼는 50년 뒤, 문화
유산에 등재되어 어느 왕조 시대의 삶과 죽음을 증거하고 있다.

　그 똥뫼에 내리는 햇살은 겸손하고 바람은 온유하다.

봄소풍

달착지근한 냄새가 돌담 너머 골목을 휘감았다. 할머니의 음식솜씨가 빛나는 때이기도 했다. 모두가 가난하고 어려웠던 시절, 선생님께 뭔가를 대접하거나 마음을 전해드릴 유일한 기회가 소풍날이었다.

할머니는 선생님의 점심 도시락을 위해 최선을 다하셨다. 미리 준비한 층층의 찬합은 깨끗이 씻어 봄볕에 고슬고슬 말려두었다. 뒷곁의 담장 밑에 통통하게 자란 머윗대를 베어 한소끔 삶아 껍질을 벗긴 뒤에 쓴맛을 뽑으려고 한동안 우려 두었다. 2cm쯤의 길이로 자른 뒤에 왜간장과 물엿과 다시물과 정종을 넣어 졸이면 그 맛이 참 좋았다.

일부는 멸치를 넣기도 하고, 말린 호래기와 궁합을 맞추기도 했다. 고추장을 가미한 매콤한 맛의 조림도, 우엉과 어묵을 결합한 쫄깃함도 특별했다.

아침마다 닭장에서 꺼내서는 단지 안에 차곡차곡 모아둔, 껍질이 까칠까칠한 달걀을 삶고, 옆 마을 점방에서 사 오신 칠성사이다 두 병에 찬합까지 들려 소풍 길에 보내실 때 우리 할머니 가슴은 뿌듯함으로 그득하고 내 발걸음은 날아갈 듯 가벼웠다.

선생님들도 우리 할머니 음식솜씨를 두고두고 입에 올리셨다.
"외경이가 영특한 것은 모두 할머니 덕분이다!"
"할머니의 일본살이 경험이 손녀를 키우시네!"라며 침 발린 말씀도 곧잘 해주셨다.
또한 학교에서 열리는 무슨 대회나 행사에는 항상 내 이름을 먼저 넣어주신 것도 할머니의 그 내밀한 손맛에 대한 갚음도 일부는 있었으리라.
그나마 시골에서 말귀 알아들으시는 할머니께 무용복이며 발레복 따위를 맞춰 입어야 하니 돈을 내 달라, 무슨무슨 대회 참가의 이유며 당위성 따위를 설명하고 긍정적 평가를 받아내셨으리라. 또한 할머니의 기대에, 그 깊은 정성에 보답하고자 하는 내 지극한 효심도 한층 업그레이드되어 나는 있는 힘껏 분발했으리라.

무거운 도시락을 들고 십 리 길을 걷고 걸어 학교에 도착한 우리들은 줄을 맞춰 평돌바위로 되돌아왔다. 옴마 밥을 갖다 드리곤 하던 고구마밭 아래 바닷가의 평평한 바윗돌, 넓적한 그곳이 동해국민학교 소풍의 단골 장소였다.

바윗돌 중간이 패여 있거나 곳곳에 묘한 문양이 잡혀있었지만, 그 발자국이 중생대 공룡 발자국인 것을 알게 된 것은 한참 뒤의 일이다. 그곳은 '고성 공룡 발자국' 보호구역으로 지정되어 고고학적 유적지가 되었지만, 지금은 조선특구의 '삼강 M&T 조선소'에 편입되어 추억의 장소로만 남았을 뿐이다.

우리는 반별로 모여 '손수건 돌리기'를 하거나 '보물찾기'를 하거나 노래를 부르곤 했다. 나는 몇몇 남학생들의 표적이 되어 내 뒤엔 손수건이 자주 놓였고, 달리기에 서툰 나는 술래가 되어 몇 바퀴를 빙빙 돌아야 했다.

그런 날 봄볕은 따끈하게 아이들의 어깻죽지에 내려앉았고 '비석치기'의 네모난 돌멩이와 공깃돌은 따끈따끈 데워졌다. 양은도시락을 다 까먹은 아이들은 그 속에 든 숟가락이나 젓가락이 달그락거리는 소릴 안고 봄볕에 고실고실 타고 있었다.

보물이 적힌 종이쪽지들은 죄다 어디에 숨겼는지, 선생님이 어젯밤에 야시가 나올지도 모르는 그 먼 산길을 걸어 평돌바위까지 오셔서 진짜로 종이 보물을 숨겨 두신 게 맞을지, 나는 그 사실을 가늠하느라 정작 보물쪽지 찾기 따위엔 관심도 없었다.

그 시기에 나는 괴도 루팡과 셜록 홈즈에 흠뻑 빠져 있었으므로 추리력을 총동원하여 선생님의 발자국을 짚고 또 짚었다.

집으로 돌아오는 길, 역지사지의 경험을 그때 처음 알게 되었다. 평돌바위는 우리 집과 지척일 경도로 가까웠고, 학교 근처에 살던 친구들은 도시락 가방을 메고 다시 십 리를 투덜대며 걸어 갔으니 말이다.

형윤, 명두, 순임, 분두, 향숙아!
늬들이 멀다고 징징대던 그 십 리 길을, 나랑 상선이랑 철구, 점호, 형식이는 9년간을 한결같이 가방 안에 양은도시락 딸랑거리며 걷고 또 걸어 다녔느니라.
그리하여 기초체력 튼튼하고 기초대사량 높은 몸으로 야물어져서, 웬만큼 몸 쓰는 일을 해도 좀체 몸살 안 나고, 웬만큼 먹어도 살 안 찌는 체질로 다졌느니라~

잃어버린 아이를 찾습니다

3학년 여름방학의 일이다. 우리 할매 셋째아들인 봉도 삼촌이 어시장 뱃머리 근처의 영진철공소에서 일하셨다. 삼촌에게는 희야란 애인이 있었는데 박꽃 같은 분이셨다.

방학도 되었으니 맏조카인 나에게 마산 구경을 시켜주신다고 삼촌으로부터 기별이 왔다. 그때까지 도회지에 한 번도 나간 적이 없었던 나는 들뜨고 설레고 좋아서 잠들지 못했다.

아껴둔 깔깔이 블라우스에 땡땡이 무늬 원피스를 입고, 방울 달린 고무줄을 왼쪽 머리에 꽁꽁 짜매고, 할매한테 받은 100원을 속줌치에 잘 챙겨 넣었다.

고현 가는 동진호를 타고 다시 버스로 갈아탄 뒤, 마산의 3·15탑 옆, 분수가 있는 터미널에 내렸다. 나는 도시에 갓 나온 시골 병아리가 되어 조바심 내며 조심조심 삼촌의 뒤를 따라 숙소에 들었다.

영진철공소 안집에는 내 또래 머스마가 있었다. 키가 껑충하고 웃을 때 보조개가 패던, 낯빛 하얀 소년이었다. 그 아이는 내게 잘해주었다.

눈깔사탕도 가져와 내 손바닥에 올려주고, 만화책이랑 동화책도 빌려주고, 바람이 술술 나오는 선풍기도 틀어주었다. 저녁이면 만화가 팽팽 돌아가는 티비도 보여주었고, 날마다 아이스케끼도 하나씩 건네주었다.

희야 아지매도 잘 대해주었다. 자장면이며 만두며 콩국이며 통닭도 사 주었다. 그들 모두 내가 첨 맛보는 음식이었다.

나는 희야 아지매한테 완전 엎어져서 옴마보다 더 좋아졌다. 시골에서 억세게 일만 하는 옴마보다 목소리도, 손도, 몸짓도 나긋나긋 부드러운 희야 아지매가 좋았다.

어느 일요일, 철공소 식구들이 모두 해수욕장엘 갔다. 마산 끝자락 가포에는 모래톱이 뻗어있었고, 해수욕장엔 사람들이 와글와글 들끓었다. 튜브도 타고 물놀이도 하며 신나게 놀고 돌아오는 길, 다들 물놀이에 지치고 힘이 빠져 있었다. 버스는 발 디딜 틈 없이 만원이었다.

나는 그간 며칠 지낸 마산 생활로 간이 제법 커졌다.

영진철공소와 숙소는 모두 바닷가에 있었다. 두 곳의 위치를 머릿속에 입력시켜뒀으니 안심하고 버스 뒷자리에서 까무룩 졸았다.

내가 눈을 떴을 때, 철공소 식구들은 아무도 없었다. 급히 버스기사에게 달려가 바닷가에 세워달라 부탁했더니 오동동에 나를 내려주고 버스는 덜컹이며 떠났다. 바다를 향해, 갯내음을 맡으며 걸었다. 걸어도걸어도 머릿속의 지도는 나오지 않고 바다도 찾을 길이 없었다.

나는 마산의 어느 거리에서 미아가 되었다. 그러나 울지 않았다. 운다고 달라지는 건 없으니까. 혼자 거리를 헤매다 눈에 보이는 빵집에 들어갔다.

"제가 길을 잃었어요. 철공소에 전화를 해 주시면 삼촌이 데리러 오실 거예요. 전화요금은 그때 드릴게요."

빵집 주인은 내가 전한 번호로 전활 걸었고 삼촌과 희야 아지매가 놀라서 달려왔다.

안심하고 기다리라며 손에 쥐어준, 기름 반지르하게 발린 단팥빵을 나는 결국 먹지 못했다. 빵이 목에 걸린다는 말을 그때 확실히 알았다. 잃어버릴 뻔한 아이는 외운 전화번호 덕분에, 울지 않고 도움을 요청한 영리함 덕분에 집을 찾았다.

　이 일은 한동안 우리 집안에 회자되었다. 도회지에 나가도 결코 기죽지 않고 당당히 버티는 슬기롭고 똑똑한 꼬맹이로 인정받았다. 내 할매의 훈육이 효력을 발휘한 빛나던 순간이었다.

　상실의 외로움과 미망(未忘)의 사건(事件)이 내 속에 새겨지고 있었다.

첫사랑

합창반에 뽑혀 방학 중에도 학교에 갔다. 햇살이 다글다글 세상을 볶아대던 어느 날, 내 또래 친구들과 다르게 자세가 꼿꼿하고 지나치게 정직한 표정의 남학생을 보았다. 우리보다 한 뼘쯤 키가 큰 것으로 보아, 그는 4학년이거나 더 높은 학년일지도 몰랐다.

또래 머스마들이 고추잠자리를 쫓아 논둑길과 언덕길을 구분하지도 않고 천방지축 뛰어다닐 때, 그는 한눈 팔지 않는 반듯한 걸음으로 우리들 옆을 지나쳐 앞만 보고 걸어갔다.

합창반도 아니고, 글짓기반도 아니고, 무용반은 더더욱 아닐 텐데 왜 학교에 나왔을까? 궁금증이 일어 여기저기를 기웃거렸지만 어디에도 그의 모습은 보이지 않았다.

그리고 2학기가 되었다. 보통 때라면 논둑길을 걸어 등하교를 했지만, 할머니의 심부름으로 대장간에 들러야 했다. 맡겨둔 호미와 낯을 찾아오라는 지령을 받았기 때문이다.

동네 벗 상선이와 떨어져 혼자 신작로를 걷는데, 내게 돌멩이를 툭툭 날리는 그를 만났다. 찻길엔 아무도 없었다. 저 앞에 타박타박 걷는 어른과 한참 뒤편으로 방성지고개쯤에 남학생 둘이 토닥토닥 장난치며 걸어오는 모습이 보였다.

나는 가슴이 떨렸다. 가끔 학교 운동장에서 마주칠 때가 있었지만 우리는 특별히 눈을 맞추지도 않았고, 서로에게 관심을 보일 기회는 없었다. 운동장엔 학생들이 와글와글 시끄러웠고, 책걸상이 다닥다닥 붙은 교실에도, 아이들이 몸을 비꼬며 지나는 비좁은 복도에도, 둘이 따로 눈짓을 나눌 기회는 없었다.

그는 나를 스쳐 무덤덤한 표정으로 지나갔다. 발밑에 닿던 돌부리도 모른 척, 아무런 반응을 보이지 않던 나를 지나 마치 아무 일도 없었다는 듯 성큼성큼 걸어갔다. 그의 뒷모습에는 어디선가 불어온 바람 한 줄이 매달려 있었다. 나는 한동안 그의 발자국을 따라 걸으며 그의 이름이 무엇인지, 몇 학년인지, 어디에 사는지에 대하여 물음표를 던졌다.

한참이 지난 뒤 그가 한 학년 위의 선배이며, 운동을 잘하여 체육부 소속이며, 조용한 성격의 범생이인 것을 알게 되었다.

새로 오신 김명희 선생님은 딸 하나를 둔 주부였고, 교회에 열심히 다녔으며, 시골 학교에서 무엇인가 자신의 능력이 돋보이는 일을 꾸미는 걸 즐기셨던 듯싶다.

도시에서 전근 오신 선생님은 시골 아이들에게 무엇인가를 가르치고 새로움을 알려주시려는 열정이 강하셨다. 선생님은 무용반과 합창반을 만드셨고, 그에 자극받은 노총각 박상권 선생님은 '글짓기반'을 꾸리셨다.

시골 학교에 특별한 인재가 없었던 까닭인지, 할머니가 뒷바라지를 잘해주신 덕분인지, 또래 아이들에 비해 영리하고 재치가 있었든지, 나는 그 모든 반에 부름을 받았다. 그리하여 학교 수업이 끝난 뒤에 무용연습을 하고 글짓기까지 마치면 자주 늦었다.

해거름녘 노을은 눈부시게 고왔다. 큰길의 미루나무는 나뭇가지를 늘어뜨렸고, 뉫집 담장의 접시꽃은 팽이처럼 색깔이 진했고, 참새들은 쩍쩍대며 논밭을 무시로 드나들었다.

그런 저물 무렵이면 긴 그림자를 늘어뜨리고 그가 길동무가 되어주곤 했다. 그는 나보다 한 뼘 정도 키가 큰 선배였는데 내 눈에는 거인처럼 크고 우뚝했다.

우리는 아무 말이 없었지만, 아직 말을 제대로 섞어 본 적 없었지만, 상대를 향해 뻗어가는 관심은 어쩌지를 못했다. 그러나 서로에게 어떻게 다가가야 할지, 어찌 친해져야 할지는 미처 알지 못했다.

　　다만, 그가 하굣길에 몇 발짝 떨어져 함께 걸어주는 것
　　뜀박질이 서툰 나를 가만히 지켜봐 주는 것
　　나를 놀리려고 들이대는 친구들을 쫓아 주는 것
　　배구공이 궁금한 내게 공을 살며시 던져주는 것
　　우리 반 유리창에 코를 박고 나를 쳐다보는 것
　　급식빵 배급 줄에 나를 먼저 끼워주는 것
　　어디서건 날 보고 있다는 존재감을 주는 것
　　멀리서도 내 눈에 번쩍 띄는 것
　　이 모든 것이 우리 둘 사이에 일어났다.

　　아~ 첫사랑이었다.

고전 읽기는 억지춘향격

　　　　4학년이 되자 학교에서는 고전 읽기 대표를 뽑아야 한다고 나를 지명했다. 나와 도근이와 상범이, 형윤이와 향숙이, 몇 명은 선생님께 고전을 배정받았다.

　6학년까지 지속적으로 고전 읽기를 했는데 학년마다 다른 책을 읽어야 했다. 단테의 〈신곡〉과 〈그리스로마신화〉, 〈홍길동전〉, 〈박씨전〉, 〈삼국유사〉, 〈별주부전〉, 〈삼국사기〉, 〈피노키오〉 이런 책들을 열심히 읽고 외웠다.

　〈신곡〉의 내용은 너무 어려웠고 요상했다. 〈그리스신화〉 주인공 이름들은 길고 지루했으며, 〈박씨전〉은 황당했고, 〈홍길동전〉은 통쾌하고 활달함에 관심이 갔다. 만파식적이 어떻고 천사옥대가 무엇인지 알려주었지만 그런 사자성어에 관심을 쏟을 시기가 아니었다.

　방학에는 학년 대표들이 한 교실에 모여서 책을 교환해 읽거나 문답 시험을 치거나 선생님께 고전을 이해하는 법에 대한 강의를 듣기도 했다. 재미있다는 〈피노키오〉 이야기도 시험을 보기 위해 읽을 때는 억지춘향격이 된다는 사실을 그때 알았다.

고전 읽기는 지루하고 재미가 없었다. 시골에서 태어나 자랐으니 도회에 나갈 일도 없는 아이들이 생소하고 낯선 먼 이국 출신의 이름을 익혀야 했고, 이해 불가능한 삶의 단면들을 무조건 외워야 했으니 아이들은 책을 몇 장 읽다가 졸거나 장난질로 시간을 보내기 일쑤였다.

돌이켜보면, 이 고전 읽기란 희한한 공부가 아이들로부터 책 읽기의 재미를 빼앗아 간 도둑이 아닌가 싶다. 들로 산으로 쏘다니며 자연 속에 빠져 뛰노는 아이들에게 황당무계한 내용의 책 읽기를 시켰으니 어디 해당이 되었을까. 그것도 아무런 사전 준비 없이 말이다. 그나마 나는 이전에 읽었던 책들이 있었다.

〈선데이 서울〉, 〈학원〉, 〈어깨동무〉, 〈새농민〉, 〈주간여성〉, 〈주부생활〉, 〈산〉, 〈낚시〉… 그 속의 내용들을 통하여 삶의 다변성을 조금은 이해할 수 있었던 나도, 고전 읽기는 너무 싫어서 머리를 절레절레 저었으니까.

옛, 문체부에서는 '청소년우량도서 선정'을 통하여 학생들에게 책을 공급했다고 한다. 또한 71년 1월 30일자 동아일보에는 70

년도에 130여 만 명이 고전 읽기에 참가했다고 하니 예나 지금이나 책 읽기의 중요함과 열풍은 우리 사회를 달구는 중요한 '키워드'라는 생각이 든다.

오늘, 도착한 광고지를 본다. 어린 날 밤을 지새우며 읽던 책들이다. 〈알프스의 소녀 하이디〉, 〈소공녀〉, 〈빨강머리 앤〉… 그립다. 다시 읽어야겠다 싶어 냉큼 주문을 넣는다.

그 옛날 고전 읽기 시간에 이런 책을 줬더라면 얼마나 좋았을까? 시골 아이들도 동화책의 재미에 홀라당 빠져서 책장이 닳도록 읽고 또 읽었을 터인데.

흘러간 내 어린 날의 시간을 되짚어 본다. 우리네 삶의 나날이 동화책이며 수필의 한 자락이던 다솜하고 애틋한 시절이었다. 늙으면 추억이 많은 사람이 행복하단다. 옛날을 반추하며 좋았던 시절을 야금야금 되새김질하며 살기 때문인가 보다.

나는 '추억 금수저'라고 자칭한다. 내 속에 쟁여진 무수한 이야기들이 이젠 달착지근하고 간간짭조롬한 글이 되었다. 그리하여 유년의 기억, 행복한 추억, 이웃들과 향유할 회람을 되짚는다.

그 모든 것들을 수놓거나 말아서 씨실과 날실의 피륙으로 내 삶이 짜여지고 있는 게다.

내 인생이 엮이는 게다.

방학숙제에서 숲해설가까지

나에게는 명이 언니가 있었다. 할매의 먼 질녀뻘인 명이 언니는 고성읍내에 살면서 여고에 다녔다. 두 갈래로 얌전히 묶은 머리하며 웃을 때 드러나는 덧니가 참 예뻤다.

명이 언니는 바다를 좋아하여 방학 때마다 우리 집에 와서 며칠 씩 지내곤 했는데, 내 숙제를 도와주는 것이 최고의 기쁨이자 언니에게 맡겨진 밥값이고 일이었다.

언니가 선택한 숙제는 '식물채집'이었다. 집 주위를 돌아다니며 질경이, 쑥부쟁이, 고마리, 도꼬마리, 꽃향유, 애기똥풀, 미나리아재비 등의 식물들을 뿌리째 뽑거나 줄기와 잎을 잘라와서는 흙을 털어내고 깨끗이 씻은 뒤에 두꺼운 책의 갈피에 끼운 뒤 다듬잇돌로 눌러주었다.

식물의 수분이 책갈피에서 빠져나가고 적당히 마르면 언니는 하얀색 반창고를 짧게 잘라서 종이 위에 식물을 붙였다. 잎맥이 선연히 드러나게 잎을 펴고, 가지가 겹치지 않게 제대로 배치하고, 잔뿌리의 모양새를 다듬는 언니 옆에서 나는 식물의 생애를 배웠다. 이름을 익히고 특징을 알아갔다.

그 시절, 언니한테 배운 식물채집의 기억은 나에게 꿈을 남겨 주었다. 70대엔 '숲해설가'를 하며 식물과 더욱 친해지겠단 꿈은 명이 언니가 심어준 어린 날의 책갈피 속, 그 식물의 세포에서 확장과 이어짐을 연속한 기~인 가오리연과 방패연(防牌鳶)의 꼬리를 닮았다.

평생을 두고 이어지는 기억이 있다. 어떤 일의 발단은 평생을 따라붙는 고리가 된다. 그런 인연의 힘은 삶의 방향을 결정하는 특별한 증거가 되기도 한다.

누군가 던져주는 한 마디의 말이, 누군가 집어준 한 권의 책이, 누군가 개입한 하나의 사건이, 한 사람의 운명을 결정짓거나 평생의 지표가 되기도 하는 것이다.

나에게는

할머니께 배운 예의범절과 밥상머리 가르침이

명이 언니에게 영향 받은 식물에 대한 관심이

국민학교 1학년 선생님께 빌려 읽은 세계명작전집이

9년간 통학을 위해 십 리를 걸어 다닌 다리 힘이

정치망 어장집 6남매 맏이의 큰손이

내 평생의 좌표가 된 것이다.

나는 아이들을 가르치는 선생이 되었고, 식물에 유난히 관심이
많아 눈길이 자주 갔고, 등산을 열심히 다녀도 다리가 튼튼했고,
문학을 공부하며 책을 읽고 글을 썼다.

10대부터 이어진 내 꿈이 90대까지 작가로 살겠다고 작정하게
된 것도, 그 어린 날의 쥘부채가 가지런히 접혀있다가 좌르르 부
챗살로 펼쳐 이렇게 명멸하고 있으니.

강아지풀로 유인하라

        범바위골 대나무집을 지나 내리막길 끝지점에서 해안선을 만나게 된다. 여기가 우리 마을 막개까지 가는 중간지점이다. 지치거나 다리 힘이 빠져 쉼의 유혹에 들어가기 딱 좋은 지점이었다.

    누군가가 소리쳤다.
    "야, 쏙(절지동물, 쏙과의 갑각류) 잡으러 가자!"
    우리는 약속이라도 한 듯이 저마다 강아지풀을 뽑아들고 갯가를 향해 달려갔다.

    한 달에 두 번, 보름과 그믐이면 바닷물이 멀리 빠진다. 그때는 모래톱의 물기가 제법 빠져서 신발이 푹푹 빠지지도 않고 평온한 자세로 쏙을 낚을 수 있었다.
    동그란 구멍에 강아지풀을 넣고 살살 흔들면, 구멍 속 깊은 곳에서 잠들어 있던 쏙들은 갑자기 침입한 방문객을 내치려고 머리를 밀고 올라와 집게발을 내민다. 그 마지막 순간에 쏙의 집게발을 낚아채면 '뽕!' 하는 소리와 함께 쏙이 빠져나왔다.

아이들은 저마다 쏙을 낚는 방법도 취득하는 마릿수도 각기 달랐다. 부지런하고 집중력이 좋은 아이는 수십 마리를 낚아 올리기도 했고, 자신의 손으로는 한 마리도 잡지 못하면서 친구들이 낚아놓은 쏙을 몇 마리씩 가로채고는 혁혁한 전과를 자랑하는 얄미운 녀석도 있었다.

구석진 곳에서 혼자만의 방법으로 낚는 아이, 여기저기 돌아다니며 좋은 장소를 찾다가 결국은 처음의 자리로 돌아오는 아이, 여긴 물이 질척여서 안 좋고 저긴 쏙 구멍이 막혀서 맘에 안 든다고 지청구 하는 아이, 어쩌구저쩌구 말도 탈도 많은 아이도 있었다.

돌이켜보면, 이 세상의 많은 사람들이 저마다의 방법으로 식구를 건사하고 살아가는 모습이었다.

아이들이 쏙을 낚을 때 하던 움직임은 부모로부터 물려받은 행동양식이었고, 중얼거림은 그 부모님의 평소 모습이었으며, 표현 또한 유전적 DNA의 실체며 패턴이었다.

나는 어떤 종류의 아이였을까?

아마 밀물이 차올라 가방이 젖을 때까지 쏙을 낚는 데 열중하지 않았을까? 그 작업이 내게 주어진 사명인 양 말없이 집중하며 최선을 다하지 않았을까? 그렇게 낚은 쏙을 친구들에게 나눠주면서 속으로 즐거워하던 아이가 아니었을까?

그 쏙은 간장에 졸여 반찬으로 먹기도 하고, 낚시꾼의 미끼로 팔리기도 했다. 더러는 모랫벌에 패대기쳐져 배를 뒤집고 까슬까슬 말라가기도 했다.

물 빠진 바닷가를 지나면 그 시절이 떠오른다. 가방을 던져두고, 재미있던 〈어깨동무〉 잡지도 밀쳐두고, 강아지풀로 열심히 쏙을 유인해 잡아채던 여자아이가 오도마니 앉아 있다.

할매가 날마다 챙겨주시던 흰 블라우스와 멜빵 달린 주름치마를 얌전히 차려입은 그 아이.

단발한 오른쪽 앞머리를 고무줄로 묶은 그 아이.

시원한 이마에 코가 오똑하던, 동그란 눈망울을 굴리며 수평선을 바라보던 그 아이.

다섯 명의 동생들을 알뜰히 챙기던 그 아이.

책을 열심히 읽어대던 작가가 꿈이었던 그 아이.

운동도 못하고 순발력이 떨어져 오자미 던지기도 고무줄놀이

에도 끼지 못하던 그 아이.

50년이 지난 뒤의 어느 해, 마라톤 풀코스를 뛰겠다고 부지런히 달려가는 그 아이.

제사 이야기

내 어린 날, 제사는 잔치였다. 제삿날이 다가오면 할매는 몇 가지 준비를 하셨는데, 동태를 두어 상자 사 오셔서 손질하여 말리는 것이 첫 번째 일이었다.

명태는 남해안에서 잡히는 생선이 아니다. 가까운 곳의 생선을 제치고 명태를 사는 것은 몇 가지 이유가 있었다.

남해안의 생선들은 비린내가 많고 살이 무른 데 비해, 동해안의 생선들은 살이 깊어서 소금간을 하면 쫀득해지는 경향이 있다. 이런 살 깊은 생선들을 쪄서 상에 올리면 양이 푸졌고 먹을 만했다.

조기류 또한 마찬가지였으므로 그 용도에 의해 제사상에 올리는 주메뉴가 되지 않았을까?

할매는 꽁꽁 언 동태를 커다란 다라이에 물을 담아 녹이셨고, 나는 고양이가 물고가지 않도록 망을 봐야 했다. 비늘은 별로 없었지만, 지느러미가 많은 동태는 손질하는데 시간이 꽤 걸렸다.

창자를 분리하고 아가미를 떼내고, 짚을 대가리에 넣어 잘 묶은 뒤 빨랫줄에 걸어 말렸다. 그러는 동안 옴마는 불린 콩을 맷돌에 갈아 두부를 만들고, 청주를 빚고, 묵을 쑤기도 했다.

일련의 일들은 모두 아궁이의 불을 피워 삶고, 찌고, 끓이고, 데쳐야 했으므로, 모자라는 장작 대신 청솔가지로 불을 피운 부엌은 매캐한 연기가 눈물 콧물을 불렀다.

작은옴마와 당숙모는 부침개 준비로 바빴다. 마당에 벽돌을 쌓아 임시 아궁이를 만들고 무쇠솥뚜껑을 뒤집어 엎었다.

재가 날리지 않게 조심조심 불을 지펴가며 솥뚜껑을 달구는 동안 가지꼭지에 병아리 눈물만큼 콩기름을 찍어 발랐다. 노련한 당숙모의 야무진 손끝에서 각종 부침개들이 꼬숨하게 익어갔다.

그날만큼은 아이들도 부추전이나 호박전을 배불리 먹을 수 있었다. 호롱불 아래 밤을 치고, 탕국을 끓이고, 생선을 쪄내는 모습을 보고 있다가 잠들기 일쑤였다.

할매의 지엄하신 분부에 따라 제사는 꼭 밤 12시에 모셨으므로 그 시간까지 잠들지 않고는 못 견뎠다.

제사 다음 날은 온 동네 어른들을 청하러 다녔다.

"웅이 아부지 제삿밥 드시러 오시랍니다."

"오이냐, 벌써 날이 그리됐던고?"

온 동네 사람들이 모여 제삿밥을 비볐고, 동동주를 마셨고, 음식 맛에 대한 치사를 하고, 자신의 생일상에 초대할 사람들의 면면을 기록하며 하루를 보냈다.

물밥이 대문 앞에 놓이고 그 밥알 위에 개미가, 지렁이가, 참새가, 생쥐가, 고양이가 빠르게 다녀갔다.

옴마와 당숙모는 솥뚜껑에 묻은 그을음을 털고, 재를 묻혀 놋쇠를 닦고, 무명 바지저고리에 양잿물을 먹이고, 채를 손질하고, 채반을 말리고, 남은 음식을 나누며 며칠간 무거운 노동의 허리를 감당했다.

경주최씨 관가정공파 38대손, 소종(小宗) 9대 큰집에 시집와서 제사 뫼시기에 공을 들였다. 나름 뼈대 있는 집안의 시어른들에 이어 남편도 정성을 다하라는 말을 달고 살았다.

내가 가끔 투덜대는 기색이라도 보이면 "짜증을 섞어 모실 바에야 차라리 안 모시는 것이 낫다. 정성 없는 제사가 뭔 소용이고?" 하며 오히려 큰소리를 치곤 했다.

나 또한 '어차피 모실 바에야 제대로 뫼시자. 이렇게 해도 저렇게 해도 제삿날은 다가오고, 또 지나가게 마련인 것을. 내 마음에 앙금 남으면 부끄러운 일이니!' 이런 생각으로 제물을 차렸다.

그런 세월을 이십오 년 지내고, 작년에 시작은아버님이 돌아가셨다. 산골과 다름없는 마을에서 열심히 농사짓고 근면 성실하게 살아오신 분이다. 3남 2녀의 자식들을 모두 대학 졸업시켜 번듯한 직장인으로 사는 것을 보시다가 천수를 누리고 돌아가셨다.

그 뒤에 깜짝 소식이 들려왔다. 시작은아버님의 제사를 모시지 않기로 했다는 것이다. 그 결정은 시작은어머님이 하셨고 자식들은 아무 말 못하고 따르기로 했다니 놀라웠다. 하긴, 5남매를 낳아 기르셨어도 손자 하나에 손녀만 다섯이니 손자에게 제사를 물려줘 부담을 안길 마음이 없으셨을지도 모른다.

또한, 자식들이 부모님 제사를 없애는 불효를 저지를 기회를 애초에 차단할 요량이셨는지도 모른다.

친정에도 명절 제사를 없앤 지 몇 년 되었다. '잘했다, 잘했어!'를 반복하면서도 정작 시댁의 제사에 대하여 이러쿵저러쿵 하지 않으려 한다.

제사를 줄이는 것도 괜찮겠다는 합리적인 표현의 방법으로 '친정에도 명절 제사를 안 모신다', '누구네가 제사를 합친다더라', '어떤 친족은 명절을 여행의 날로 잡는다더라' 등의 소문만 물어나를 뿐이다.

아직도 정정하신 시어머님이 본인 손으로는 제사 음식을 장만할 기력을 잃었다고 생각하실 때, 어떤 의견을 말씀해 주실 지를 기다리는 중이다.

그러나 내가 먼저 나서서 제사에 대해 왈가왈부하지 않을 것이다.

제사 몇 번 모신다고 허리가 끊어지는 것도, 가계에 큰 부담이되는 것도 아닌데, 조상님(한 번도 뵌 적 없지만!)께 따뜻한 밥과국을 끓인 상차림을, 그것도 일 년에 한 번이 무에 그리 어렵다고!

2장

옴마

고구마를 소환하다

8살 어린 소녀의 머리 위에 내리는 칠월 땡볕은 날카로웠다. 할매는 작은 양푼이에 보리밥과 된장종지와 열무김치를 삼베보자기에 싸서 마루에 놓아두셨다.

소녀는 학교 가는 길에 평돌바위를 지나 옴마 밥을 전해 드려야 할 임무를 부여받은 것이다.

학교까지 십 리. 칠월의 태양을 머리에 이고 걷는 십 리가 보통은 아닐진대, 산밭에 들렀다가 망산을 넘어가려면 십오 리는 될 터. 자꾸만 눈물이 났다. 손아래 동생은 이제 다섯 살. 말귀를 제대로 알아들으려면 3년은 더 키워야 했다.

고개를 푹 숙인 채 가방을 둘러메고 한 손에 도시락 보따리를 들고 집을 나섰다. 누렁이 해피는 약을 올리듯 털이 보송한 꼬리를 강아지풀처럼 흔들고 있다.

"밉지? 싫지? 그래도 해야지?"

코를 들이미는 해피 옆구리를 휙 걷어찼다. 놀란 누렁이가 깨 갱, 마루 밑으로 들어가 고개를 묻는다.

논둑길을 지나 밭둑길을 건너 오솔길로 접어든다. 두견새는 쏙 박바꿔춰 쏙박바꿔춰 리듬이 일정하다. 유난히 솔내음이 짙다. 오 리나무 이파리는 손바닥만큼 자랐다. 바스락거리는 작은 나뭇잎 소리에도 흠칫 놀라 발걸음을 재촉한다.

저 앞에 드러난 황토밭이 보인다. 이랑이 너무 길고 고구마 줄 기가 무성해 옴마의 머릿수건이 보이지 않는다.

"옴마~ 오옴마~"

세 번 목청을 돋우기도 전에 이미 서러움이 복받혀 오른다. 목 울음이 걸려 컥컥거린다.

"오이야~ 안 무섭더나?"

옴마 목소리가 밭둑의 미루나무에 걸리듯이 돌아 나온다. 반가 움에 와락 발밑이 꺼진다.

"옴마, 밥!"

"욕봤다. 안 무섭더나? 학교 가야지? 내가 전도마을까지 델다 주꾸마."

옴마는 고무신을 발에 꿰고 소녀를 앞세워 밭고랑을 넘는다.

산비둘기도 울음을 멈추고 모녀의 그림자를 살핀다. 이슬은 이 미 저 먼저 땡볕 속으로 걸어간 뒤였다.

그 기억이 멈춘 시점부터 고구마는 세상에서 제일 싫은 음식이 되었다. 그때부터 고구마를 안 먹었다. 그런데 엊그제 군고구마가 먹고 싶어 온 동네를 뒤졌다. 못 찾고 돌아오다 결국 마트에 들렀다. 호박고구마를 얇게 썰어 후라이팬에 약불로 익혔다. 왈칵 눈물이 났다.

　젊은 새댁이었던 옴마가 떠올랐다. 보고 싶다, 옴마가. 그 시절의 젊은 아낙을 꼬옥 안아드리고 싶다.

　나도 늙나 보다. 늙어 혀가 굳어지면 예전 어린 시절 먹던 음식이 자꾸 땡긴다는 이야기를 들은 적이 있다. 혀가 기억하는 미세하고 여린 감각들, 뇌가 깊숙이 숨겨뒀던 기억의 소환 세포, 그들이 일제히 깨어나는 모양이다.

빨래터 이야기

　내 옴마의 손은 물 마를 날이 없었다. 열 명의 식구들을 건사하느라 부엌으로, 장독대로, 텃밭으로, 우물가로, 빨래터로 날마다 종종걸음치셨다.

　그 시절, 광목 겉옷들은 결이 거칠고, 솔기가 자주 터지고, 무겁고 뻣뻣했다. 애들 옷이야 얇은 나일론으로도 나왔지만 어른들은 여전히 광목이나 무명베를 입으셨고, 점차 옥양목과 얇은 면직물이나 인조견으로 옮겨갔었다.

　맏이인 나는 옴마한테 이끌려 자주 빨래터에 손맞잡이로 나갔다. 큰 고무 다라이로도 옷이 넘쳐서 두 개를 겹치고, 얼마나 두드렸는지 닳고 낡아빠진 빨래방망이와 시꺼먼 빨랫비누가 담긴 통을 함께 이고 말이다.

　그런 날, 볕은 자지러지게 뜨거웠고 뻐꾸기는 산그늘을 찾아 둥지를 텄지만, 내 이마에 땀은 쉼표 없이 송글거렸다.

장대비가 내리고 나면 온 동네의 고랑과 개울은 물이 넘쳤다. 한나절 큰물이 빠지고 나면 쓰러져 누운 물봉선 꽃대들이 몸을 일으켰고, 유속의 낮은 흐름을 타고 물뱀이나 개구리들이 물수제비를 떴다.

옴마는 묵혀둔 빨래를 죄다 꺼내고, 때로 힘이 남아돌거나 맘이 내키는 날이면 이불 홑청까지 쫘악쫙~ 뜯어서 다라이에 담았다. 나는 산더미처럼 쌓이는 빨랫감에서 버얼써 짜증이 나고 힘이 빠졌지만 옴마한테만 그 많은 빨랫거리를 맡겨두고 나만 편하겠다고 도망칠 순 없었다.

빨래터에 놓였던 돌멩이는 장마철이면 물길에 휩쓸려 자주 사라지곤 했다. 옴마는 근간을 뒤져 납작하고 평평한 돌멩이를 구해와서 흙덩이와 작은 돌들을 고여 빨래판을 만들었다. 두 개 중에 조금 더 사용하기 편한 돌판을 딸의 것으로 돌려주고, 옴마는 구부정하고 뭉툭한 돌판을 차지하셨다.

빨래터 주위에서 잠자리는 제 세상 만난 듯 하늘을 날고, 나는 지겹게 빨래방망이를 두드리거나 다라이에 물을 자작하게 붓고 담근 이불 홑청을 발바닥이 불어터지도록 밟아댔다.

산기슭에는 자귀꽃이 한창이었다. 분홍빛 솔이 동화 속 공주의 치마처럼 퍼지던 꽃. 밤이면 서로 맞대고 잠든다 하여 '합환화'라고 하던 꽃. 이 꽃나무를 마당에 심으면 부부금슬이 좋다고 새댁들이 탐내던 꽃. 소가 좋아한다 하여 '소쌀밥나무'란 이름으로도 불리던 자귀나무는 아이들이 너도나도 잘라가서 한여름이면 뭉턱하니 몸피만 남았다.

그 개울가에서 나는 무슨 생각을 했을까? 그때까지 읽지 못했던 〈신데렐라〉며 〈콩쥐팥쥐〉 이야기를 혼자 짓고 있었을까? 우리 옴마가 심청이네 뺑덕어멈 닮았다고 점쳤을까? 어제 운동장에서 고무줄 끊은 그 머스마 책가방이 도랑에 홀라당 빠졌으면 좋겠다고 심술부렸을까?

도회로 떠난 앞집 점이 언니는 무엇을 하며 돈을 벌고 있을까? 언니가 보내주던 머리핀이랑 빨간 운동화를 자랑하던 이웃집 동생 정숙이가 나는 무척 부러웠다.

나도 좀 더 자라서 도회로 나가면 돈을 벌어 동생들에게 맛난 어묵이랑, 달콤한 음료랑, 팥이 듬뿍 든 붕어빵이랑, 24색 물감이랑, 36색 색연필이랑, 잘 찢기지 않는 노트랑, 스케치북을 사 주고 싶었다.

그리고 이 세상에서 부러운 사람들이 생겼다. 내가 제일 부러운 사람은 돈이 많은 할아버지도 아니고, 풍금을 기똥차게 치시던 김영희 선생님도 아니셨다. 그건 언니와 오빠가 있는 이 세상의 모든 동생들이었다.

맏이의 무거운 짐을 머리에 이거나 발목에 달고 우물가로 빨래터로 옴마를 쫓아다니던 나는, 그 짐을 나눠져 줄 언니가 눈물겹게 필요했다.

그런데 삶은 얼마나 공평한가. 맏이로 태어난 나는 부모님께 사랑 받고, 함께 지낸 세월이 그만큼 더 많다. 막내로 태어난 내 친구 재순이는 초딩 때 아버지를, 고등학생 때 어머니를 여의었으니 말이다.

나는 부모님에 대한 추억이 장마 뒤의 개울물처럼 넘치는데, 내 친구 미임이는 부모님에 대한 기억이 쥐꼬리만큼 밖에 남지 않았다고 쓸쓸해 한다.

그래 재순아, 미임아! 니가 언니와 오빠로부터 받았던 그 학용품들이며 머리핀이며 원피스 대신, 나는 부모님과 함께 나눈 많은 추억과 사랑을 받았구나.

개울물이 흘러간다. 그 개울물에 발을 담그고 어느 구석에 숨어들었는지 금방 찾아낼 듯도 한 가재며 다슬기들을 들춰내기라도 하듯 돌멩이를 뒤집어 본다.

그 세월에서 제법 멀리 떠나온 내가 보인다. 얼른 집에 가서 빨랫감들을 죄다 모아야겠다. 이불 홑청은 못 뜯어도 냉장고 덮개며 베갯잇은 모조리 벗겨서 개울물에 풍덩 담가야겠다.

그리고 손바닥이 허옇게 붓도록 빨래를 주물러야지. 어딘가에
처박아 둔 빨래방망이도 찾아내 탕탕 두드려야지.

누룩 빚어 막걸리를

　　멍석에 누룩이 나란하다. 타작마당가 맨드라미가 수비수처럼 섰어도 호시탐탐 노리는 건 새들과 고양이만 아니다. 칠월 땡볕에 지쳐 쓰러지기 전, 새콤한 누룩 한 접시에 물 한 됫박 자작하게 부어 말아먹고 싶었다.

　이 작업은 나름 정성을 필요로 하는 중요한 과정이었다. 모내기 전 수확한 밀을 알맞게 말린 뒤, 절구통에 적당량을 넣고 설설 절굿공이를 돌려 밀기울이 절반쯤 나오도록 찧은 뒤 물을 자작하게 붓고 손으로 계속 치댔다.

　밀에서 나온 풀 성분이 접착제 역할을 할 즈음, 밑이 뻥 뚫린 둥근 테의 도구에 삼베보를 깔고, 그 안에 밀기울 반죽을 90%쯤 넣었다. 주둥이를 말아서 한 방향으로 모은 뒤 발뒤꿈치로 자근자근 밟아주어야 했다.

　밀기울의 부피가 잦아들어 모양이 잡힐 무렵 삼베보를 헤쳐 동그렇게 빚어진 누룩을 꺼내 조심스레 그늘에서 말렸다. 햇볕에 말리면 바스라지거나 깨지기 십상이었다.

길일(신미, 을미, 경자)에 술을 담갔다. 누룩 2~3장을 절구에 넣고 콩콩 찧은 뒤 고슬고슬 쪄 둔 고두밥과 버지기에 버무렸다. 고두밥에 누룩가루가 적당량 배어들면 숨 쉬는 항아리에 담고 물을 자박자박 부었다.

다른 사람 손이 쉬이 닿지 못하는 곳, 할매가 언제든 살펴볼 수 있는 아랫목에 이불을 둘둘 말고 새끼줄을 쳐 단지를 모셨다. 이에 어울리는 문장이 '신주단지 모시듯'이 아닌가 싶다.

2~3일 지나면 아랫목에서 드뎌 소식이 왔다. '톡톡, 틱틱, 꼴꼴, 꼬로록' 방울 터지는 부지런한 소리가 났다. 술이 익는 중이었다. 할매는 하루에 두어 번 단지 뚜껑을 열고 나무주걱으로 설설 저어주며 냄새를 풍겼다. 그래야 내용물이 발효되는 모양이었다.

어장의 인부들은 날마다 술이 고팠다. 단지의 술을 언제쯤 걸러줄지 고대하며

"엄니, 언제 술 떠요?"

"기다리다가 목에 엉거름이 가것소!"

졸라대거나 채근하기 일쑤였다.

드디어 그날이 되었다. 몇 개의 체 중에 술 거르는 체를 선택한 옴마는 자배기(둥글넓적하고 아가리가 벌어진 질그릇) 위에 나무 받침대로 균형을 잡고, 항아리 안에서 잘 익은 술 한 바가지를 뜬 뒤에 맹물을 조금씩 부어가며 건더기를 치댔다.

내 옴마의 손이 얼마나 맹물을 붓느냐에 따라 막걸리 맛이 매번 달랐다. 밍밍한 탁주보다 찌릿함을 고대한 아재들은 —우짜든지 칼칼하게, 톡톡하게— 찌릿함이 살아있는 술맛을 기원했다.

장정들이 술맛에 정신이 팔려있을 무렵 아이들은 술지게미에 마음을 담았다. 시큼털털한 술지게미를 입에 넣고 쪽쪽 빨면 침샘이 가동되어 연한 술맛이 빠져나왔다. 알코올에 살짝 취한 아이들의 머리 위에서 땡볕은 사정없이 동그라미를 그리고 또 그렸다.

내게는 지금도 누룩 빚는 날의 일이 선명하게 남아 있다. 마치 엊그제 일어났던 일상 한 귀퉁이처럼.

외우는 머리가 둔한 나는 노래가사를 100번쯤 들어도 다 외우질 못한다. 한때 시낭송을 하다가 그만둔 것도 낭송 중간에 곧잘 잊어먹은 두려움 때문이다.

선생 할 때 아이들 이름은 기똥차게 익혔다. 두 번째 볼 때는 아이들의 이름을 불러 주는 것 (얘야, 아가, 이런 보통명사는 예의가 아니지!) 그것이 선생의 첫 번째 자질이라 여겼으니….

제자들의 이름을 불러 주는 것 말고는 외우는 일과 도무지 친하지 않은 내가, 어찌하여 먼 기억의 저 편에 새겨진 일들이 이다지도 선연할까?

뇌의 편집 효과를 제대로 발휘하는 중일까?

뇌가 말랑말랑한 어린 시절에 입력되었기 때문에 잊혀지지 않는 걸까?

아~~~ 다른 모두는 '아마도'라는 섬 이름 닮음이겠고 '부어도'라는 섬을 좋아하는 나는, 이 땅에 쏟아져 나오는 수많은 주종(酒種) 중에 밀기울로 만든 술을 젤루 즐기는 걸 보면 어린 날의 인연이 보이지 않는 길을 따라 지금 내게로 오래오래 이어지고 있음이야.

저녁엔 또 한 잔 해야겠군.

올 저녁은 잘 익은 막걸리가 딱이야!

다듬이질로 세월을 두드리면

집집마다 마루 구석에 다듬이 세트가 놓여있었다. 빨랫감을 정리하는 도구였지만 재작질을 무섭게 해대는 얄미운 둘째 녀석의 궁디를 호되게 후려치는 회초리도 되었다.

어느 집이나 첫째는 순하고 말을 잘 듣는 편이다. 맏이 증후군이라고 해야 할까? 알아서 눈치껏 형편껏 부모 힘들지 않게 부지런히 움직이고 동생들 돌봐주는.

그런 맏이에게 거는 기대와 인정(認定)과 믿음에 대하여 반발심과 설움, 혹은 부당함에 대한 호소로 둘째부터는 개구진 짓을 자꾸 해대는 것이었다.

물론 그 응징(膺懲)이 가혹하며 그것을 당당히 받아들일 결심까지 하고서.

우리 집에도 형편이 다르지 않아 나와 큰 남동생은 부모님을 많이 돕는 편이었고, 둘째들은 혼나면서도 놀러다니거나 부모님 눈을 속이는 짓을 즐겼다. (돌이켜보면 그걸 모르실리 없건만, 은연 중 맘속에 가진 맏이의 편애를 인지하시고는 모른 척하셨으리라.)

화강암을 깎아 만든 다듬잇돌은 그 무게가 30kg이 넘은 듯싶다. 양쪽 아랫면에는 받침다리가 있고, 가운데는 파여 이동에 쉽고 무게감을 줄이고 두드릴 때의 진동을 최소화시킨 모양새였다. 윗면은 오래 사용한 탓에 반질거렸다.

우물 옆 마당가에는 큰 솥단지가 두 개 걸려 있었다. 하나는 국을 끓이거나 나물을 데칠 때 사용하는 식용 전문이고, 낡고 오래된 솥은 빨래를 삶거나 물을 데웠다.

우리 할매는 일 년에 두어 번 읍내 잡화상에서 큰맘 먹고 몇 필 끊어온 누런 광목(廣木)을 양잿물을 넣고 오래도록 삶았다. 뜨뜻한 광목을 대야에 이고 웅덩이에 가서 빨래방망이로 탕탕 두드려 빨았다.

일련의 과정을 거쳐 하얗게 바랜 광목을 몇 개의 바지랑대에 걸쳐 널었다가 꾸드리하게 말랐을 때 몇 겹으로 접어 다듬잇돌에 올리고 방망이질을 하셨다.

그렇게 다듬어 옥양목으로 변화시켜 풀까지 빳빳하게 먹인 뒤엔 이불 홑청도 만들고, 어른들의 저고리와 앞치마를 짓기도 했다. 집안에 초상이라도 나면 다듬어진 광목은 드르륵 재봉틀에 박아 상주 옷으로 맞춤 되었다. 노인이 계신 집안에는 만일의 경우를 대비하여 광목천을 몇 필 예비로 준비해 뒀던 터였다.

할매와 옴마는 마주앉아 다듬이질을 하셨다. 두 분 모두 손끝 여문 맏며느리셨고 대식구의 안주인으로 손 가는 일이 얼마나 많았으랴.

발로 밟아 빨래의 굵은 주름을 편 뒤에 보자기에 싼 빨래를 리듬 맞춰 두드리셨다. 중간에 입에 가신 물을 몇 번 뿌려내는 것도 잊지 않았다. 광목을 펴놓고는 솜집에서 보송보송하게 타 온 목화솜을 누벼 두툼한 겨울 이불을 만드는 일도 하셨다.

일이란 게 한꺼번에 몰아서 하면 능률도 오르고 시간도 절약되니 두 분은 반년 치 혹은 일 년 치를 몰아서 한꺼번에 일들을 처리하셨다.

나는 맏이로 눈치껏 그 일들을 배웠다. 다듬잇돌을 박자 맞춰 두드리지는 못했지만 옆에서 이불깃의 솔기를 맞추거나 입 안 가득 머금은 물을 골고루 뿌려내는 우리 할매의 물뿜뿌질을 돕기도 했다.

나는 자투리 천을 주워서 얼기설기 바느질을 하고 인두로 다려서는 손수건으로 접었다. 그 위에 제비꽃 두어 송이 수놓으면 나만의 특별한 비밀주머니가 되기도 했다.

더군다나 초경을 막 시작한 소녀들에게는 더없이 소중한 생리대가 되었으니….

푸른내서주민회의 사물놀이팀에서 나는 북쟁이였다. 부뚜막 풍물단에서 북을 둥!! 둥!! 두드릴 때면 다듬이 소리가 내 귓전에 되살아난다.

가죽을 팽팽하게 당겨 만든 북은 울림이 좋은 소리로 악기의 몫을 하지만 그 옛날 내 할매와 옴마는 다듬이질을 하며 고달프고 한 많은, 울화통 터지는 맏며느리의 삶을 토하셨으리.

원앙이 수놓인 가리개

철 지난 커튼을 걷어내다가 옴마가 만드신 옥양목 가리개 생각이 났다. 내 어릴 땐 그것을 '줄대'라고 불렀다. 표준말로는 '횟대'라고 한단다.

안방은 사람들이 자주 드나들어 비좁은 편이었고, 장롱이 따로 들어갈 자리가 없었다. 아랫목 천장에 대나무를 길게 매달고 군데군데 홈을 만들어 주렴처럼 내렸는데 벽과 가리개 사이에 나들이옷을 걸었다.

나는 할매 옆에 누워 잤다. (옴마는 동생들을 줄줄이 낳았고 옴마 가뭄이 들어 동생들이 자주 미웠다.) 아랫목 항아리에는 탁주가 뽀글뽀글 끓고, 할매가 먼저 코를 골고 잠 드신 밤이면, 나는 가리개에 수놓인 그림을 배경으로 이야기를 짓고 동화를 이어썼다.

가리개는 옴마의 혼수였다. 집안 어른들은 그 가리개에 놓인 그림이며 수의 음전함을 보고 새색시의 솜씨를 짚었단다.

　그 시절엔 처자들의 주된 취미가 수놓기다. 집안의 누구가가 혹은 이웃의 동무에게 혼삿날이 정해지면 온 동네 처자들은 저마다의 수틀을 들고 시집갈 누군가의 방으로 모여들었다.
　색색의 수실을 앞에 두고 미적 감각이 있는 누군가는 밑본을 그리고, 선대로부터 내려온 무늬를 베껴내기도 했다.
　금슬을 상징하는 원앙과 기러기를, 건강과 부귀를 빌며 창포와 목단(모란)을, 가르침과 배움을 위해 주황색 감을, 다남(多男)과 다복(多福)과 장수(長壽)를 상징하는 복숭아를 합동작업으로 또는 나눠서 수를 놓았다.

　솜씨가 서툰 아기처자들은 조각보에 쉬운 꽃그림을 본뜨고, 솜씨 좋은 새댁들은 난이도 높은 풍경을 그렸다.
　지내 온 첫날 밤 이야기를 거짓말을 살짝 보태거나 알맞게 각색하여 몇 달 뒤면 그 밤을 맞을 아우들에게 소곤소곤 밀담을 들려주었다.
　모두들 눈과 손은 수틀 위에서 움직였지만 모든 오감은 귀에 몰려 있었으니.
　'아~ 내게 다가올 첫날밤은 무슨 빛일까?'
　'내 낭군님 될 분은 지금 어디서 무엇을 할까?'

저마다의 기대와 설렘으로 밤을 밝혔으리.

내 옴마는 손끝이 매운 편이셨다. 너른 들녘에서 자라셨고 둘째였으므로 사부작사부작, 조용조용히 밥하고 빨래하며 어린 시절을 보내셨다. 그런데 드세고, 거칠고, 목청 높은 바닷가 어장집 맏며느리가 되셨으니 얼마나 힘드셨을까?

수놓기와 뜨개질을 좋아하고 곰살궂은 고운매 닮은 여성이었으니 층층시하의 너울 같은 나날을 어찌 견뎠을까?

어쩌다 가리개를 걷어 빨래터에 가면 방망이질을 하던 중에 잠시 일을 멈추고, 수놓인 그림들을 손가락으로 짚어보셨다.

내 옴마의 그 순간은 유년회람의 시간이었으리.

옴마에게는 색동주머니 같은 어린 날이 있었고, 한때는 꿈 많고 여리고 설레던 소녀였으리.

가설 극장이 들어올 날을 손꼽아 기다리며 '산 너머 남촌에는 누가 살길래~'를 부르며, 어떤 신랑을 만나 신접 살림을 차릴지 기대하며 오색 색실에 미래를 수놓던 진양강씨 은열공파 32대 손 연남 아기씨.

그녀의 궁초댕기가 동풍(東風)에 휘날린다.

그녀의 연분홍 치마가 봄바람에 휘날린다.

우물이 있는 풍경

구슬마을로 시집와서 핀잔을 자주 들었다.

"비싼 전기는 아까운 줄 모르고 펑펑 쓰면서 세상에서 젤로 값싼 물은 우째 그리 애끼노? 동네 깨고랑에 넘쳐나는기 물이고, 꼭지만 틀면 콸콸 쏟아진다."

이런 말을 들으면 흠칫 놀란다.

'어린 시절 반복된 학습은 삶에 쉬지 않고 끼어든다.'

'유년에 형성된 정서가 평생 영향을 끼친다.'

바닷가에는 물이 귀한 편이다. 우리 마당의 새미(샘)는 얕아서 (암반을 더 뚫지 못해) 여름만 지나면 물이 말랐다.

동네의 공동 우물은 깊었고 늘 물이 찰랑거렸다. 리어카에 물통을 싣고 가서 물을 가득 채워오는 것은 큰 남동생에게 주어진 몫이었다. 동생은 겨우 국민학교 3학년이었다.

고사리 같은 손으로 두레박을 내려 수십 번을 길어 올려 리어카에 싣고 오는 그 물은 한 방울도 아까웠다.

대부분의 집에는 따로 샘이 없었다. 있다한들 우리 집과 사정이 별반 다르지 않아 아낙들은 동네 새미에 수시로 드나들었다.
넓적한 독에 보리쌀을 이고 와서 손바닥에 때를 벗기기 위한 것처럼 문질러 씻거나, 허드레 빨랫감을 옆구리에 끼고 와서 방망이질을 했다.
보통, 많은 빨랫감은 작은 웅덩이에서 빤다는 암묵적 약속이 정해졌어도 규칙을 자주 어기는 아낙이 있었다. 공동의 새미에서 많은 빨랫감을 펴놓으면 보기에도 그렇고 물 긷는 통에 비눗물이 튀기도 하고 무엇보다 샘이 마를까봐 걱정이 되었기 때문이다.

아낙들은 새밋가에서 수다 보따리를 풀었다. 다정하게 인사 나누는 방법에 서툴렀기에 저마다의 방법으로 말이다. 때로는 비난하듯이, 때로는 흉보거나 욕하듯이 침을 튀겼지만, 그 속에는 고단한 하루를 무사히 보내고 저녁을 맞은 안도의 위로가 들어있었다.
저녁 짓기에도 바쁜 시간에 빨랫감을 잔뜩 들고 나온 문도 아지매는 지청구를 자주 들었다.
"뻘다니(왈가닥)짓 좀 작작(그만)해라. 어중개비(어설픈 사람) 아이라까봐 다 저녁땀에 뚜디(두드)리나?"
"욕 들을라꼬 만수판(흐드러지게 많음)이다."

"허들시럽(정도가 과하다)네. 사분(비누)이 쌔비릿는(많은)갑다."

"한빨띠기(가득) 들고 와서 운제(언제) 다빨끼고!"

"쎄(혀)가 만발이나 빠질라꼬 용쓴다."

"오만 거 떼만 거 다 뭉쳐서 뽀도시(겨우) 왔는데 니 땜시 앉을 자리가 없어 서분타."

또한 우물가에는 소문이 빨랐다. 소문과 더불어 이 사람 저 사람이 자주 입질에 오르내렸다.

-칠덕이네가 신랑한테 뚜디리 맞아서 눈탱이 밤탱이란다.

-찬이네는 근근이 입에 풀칠하고 사는데 또 을라(아기)가 들어섰다네?

-문도자석, 걸마(개)는 매착 없고 가착도 없는데 쎄빠지게 일은 한다쿠네.

-아가들은 갱(휴)일이라 좋탓꼬 칠석 팔석을 하고 까부는기라. 온 동네 쑤시고 댕김서 난리를 치네.

-갱(경)이 아부지 궁디 바다 보인다꼬 보골 미모(놀림 당하모), 저거 어마씨는 깔딱 장가진다(쓰러진다)

-니(자네)는 무자식 상팔자라 안쿠더나? 만구연(모든 일)에 호강인줄 알아라.

-마, 막설(그만두라)해삐라. 애불(심술)나서 식겁(놀람)까지 다

했네.

투박한 사투리의 아낙들은 말투만큼 성격도 억셌다. 조근조근 말하지 못해 목청을 높였고, 분에 못 이겨 씩씩대다가 눈물 보따리를 터트렸고, 성질을 참지 못해 상대방의 머리채를 휘감기도 했다. 그러면서도 돌아서면 또 금방 잊어버리고 누구네 집 길쌈이며 보리타작에 품앗이를 짚었다.

나는 그즈음 우편배달부 놀이에 흠뻑 빠져있었다. 큰땀에 살던 을수 오빠가 내 손에 쥐어준 편지를 우물집 점이 이야(언니)한테 전해 주는 일이었다.

점이 이야집 담장 맨 위쪽 열 번째 보루꾸(벽돌) 세 번째 칸에 빠지지 않도록 편지를 끼워둘 것.

혹시라도 아재나 아지매한테 들키지 않도록, 개구진 막순이가 꺼내서 동네방네 떠들지 않도록, 또한 이야가 쓴 답장을 꼭 찾아서 전해줄 것.

사랑에 빠진 을수 오빠의 눈동자는 샛별처럼 반짝였고, 입구가 꽁꽁 봉해진 편지봉투는 나날이 두꺼워져 갔고, 내 손에 쥔 눈깔사탕도 나날이 갯수가 늘어갔다.

나는 언제 저런 편지를 받아볼까? 내 볼도 붉게 물들어갔다.

타작마당의 추억

타작마당에서 별을 보며 놀다가 까무룩히 잠이 들기도 했다. 초저녁잠에 빠졌다가 제법 서늘한 기운을 느껴 후다닥 큰방으로 달려가 잠든 기억도 있다.

그 시절 나는 〈알프스의 소녀 하이디〉에 빠져있었고, 하이디가 도시로 와서 안락하게 지내면서도 산속을 못 잊어 몽유병으로 돌아다닌 이야기들을 들려주면, 친구들은 그 이유를 알지 못해 서로 눈만 끔벅이며 뭔가 유식한 듯 떠들지만 당최 알아듣지 못할 말들을 씨부리는 내 얼굴만 빤히 쳐다보았다.

타작마당의 중요 용도는 곡식을 말리거나 타작을 하기 위한 공간이었다.

제일 먼저 참깨를 털었다. 참깨는 아랫부분이 먼저 익어서 프랙탈 구조를 이루는데, 베어낼 때부터 조심조심 아기같이 다루어야 했다. 한 번 털어낸 참깨는 한 줌씩 단을 묶은 뒤, 세 개의 단을 다시 묶어 피라미드형을 만들어 세웠다.

어느 정도 마르면 다시 털어내고 다시 세워 말리고 하는 일련의 과정이 필요했다. 귀하고 비싼 알곡답게 대나무 막대로 탁탁탁 부드럽게 두드려서 씨앗을 털어내는 내 옴마의 그 손길은 정겹기조차 했다.

다음 날 새벽에 아부지는 수수를 베어 새끼줄에 끼워 말렸다. 수수는 붉은 선이 그어져 있는 알곡이 제법 굵은 편이다. 알곡을 털어낸 수숫대를 따로 모아서 바닷물에 염장을 했다.

떠내려가지 않게 그물을 씌워 줄에 매달아 바위에 묶어 고정시켰다. 한동안 염장이 된 수숫대를 다시 말려 솜씨 좋은 순유 아재가 잘 엮으면 멋진 빗자루가 되었다.

방바닥을 쓸다가 수숫대에서 껍질이 떨어지기도 했지만 참으로 유용하게 사용된 생필품의 하나였다. 지금은 어디에서도 찾을 수 없고, 외국산이 손빗자루의 자리를 채우고 있지만, 내 어린 날의 그 꼼꼼하고 야무진 빗자루에 비기랴.

다음으로는 콩 타작을 했다.

벼를 베기 전 논둑을 정리하기 위해 젤 먼저 베어내는 논두렁 콩을 멍석 위에 말렸다. 한 알이라도 튀어나가지 않게 사이드에 적당한 거리를 두고 콩대를 말리려면 아이들에게 맡겨진 임무는 콩대와 함께 따라온 잡풀이나 뿌리째 뽑혀온 부분을 가려내는 일이었다.

아이들도 이미 품앗이의 맛을 알아갈 때였으므로 서로의 멍석에 널린 티끌을 골라주며 공동체 노동의 참맛을 깨달았다.

콩은, 알곡은 물론이고 콩대와 콩깍지도 귀하게 취급받았다. 겨울철 소여물을 삶을 때 잘게 썬 볏짚 사이에 콩깍지를 몇 줌 넣으면 여물에서 구수한 콩 맛이 났다. 누렁이 암소는 그 콩깍지를 맛있게 먹었고, 겨우내 배를 불려 추석 전에 귀여운 송아지를 낳아주었다.

콩을 걷어낸 멍석에 팥을 널었다.

콩은 대를 베어와 말린 데 비해, 팥은 밭에서 베어낸 뒤에 식구들이 상수리나무 밑에 앉아 꼬투리를 하나씩 따서 소쿠리에 담았다. 먼저 익은 팥은 몇 개가 튀어나와 도망갔고, 늦게 열린 팥의 꼬투리는 아직 초록빛이 선명했다.

아이들은 그 초록빛 꼬투리를 따와서 삶아 먹거나 불에 그을려 먹기도 했다. 겨울밤 고매빼때기죽에도, 호박범벅에도, 생일 밥 위에도 쓰임새가 많은 팥은 인기가 좋았다.

그리고 알곡 수확의 마지막은 조였다.

대가리 부분을 톡톡 꺾어 자루에 담아온 조는 알맹이가 아주 작

앉다. 자세히 보지 않으면 눈에 띄지도 않는 편이라, 비료포대를 따로 깔고 그 위에 조를 얹었고 손풍로를 이용하여 껍질을 날려 보냈다. 노련한 손길이 아니면 알곡까지 날아갔으므로 그 일은 농사일에 해박하신 우리 할매가 맡아 하셨다.

이런 일련의 알곡 수확이 끝나면 우리는 또 멍석을 펴고 놀았다. 손톱에 봉숭아물도 들이고 윷놀이를 하거나 미리내가 흘러가는 하늘을 올려다보며, 어른이 되면 무슨 일을 하고 싶은지에 대하여 밑도 끝도 없는 이야기를 늘어놓곤 했다.

졸음이 쏟아지면 우리는 멍석을 말았다.
밤이슬을 맞으면 무거워지고 수분을 흡수한 짚풀에 좀이 달라붙어 파먹는 것을 막기 위해서였다. 양쪽에서 말아가되 바깥쪽 부

분을 잘 다스리듯 수평을 잡지 않으면 한쪽으로 쏠리거나 엉터리
로 말려서 애를 먹었다.

　동네에 수다스럽고 재밌는 분수 아지매가 계셨다. 이웃의 남
정네와 사랑이 싹텄고 두 분의 비밀 만남이 탄로 났다. 제각각 가
정이 있는 터라 두 분의 일은 동네 사람의 공동 의제로 다뤄졌다.
　두 분 중 약한 분수 아지매가 멍석에 말려 매타작을 당했다. 남
정네는 세게 거칠게 당당하게 맞서는 분이라 멍석말이를 거절했
고 빠져나오셨다. 어린 우리들도 그 모습을 지켜보았다. 세상일
에 대하여 알 수 없는 흥분(아지매께는 미안한 표현)으로 눈을 내
리깔며 숨을 들이마시는 시간이었다.

　이젠 타작마당도 잊혀지고 멍석도 모두 사라졌다. 알곡의 낱낱
을 살피시던 할매와 아부지는 돌아가셨다. 순유 아재도, 남정네
도, 분수 아지매도 모두 세상을 떠나셨다. 기억이 선명하게 솟는
어린 시절 이야기를 내 옴마한테 여쭤보면 빙그레 웃으신다. 가끔
은 딴소리도 하신다.

　"그런 일이 있었더나?"
　"몰라, 내는 기억이 잘 안 난다."
　"니는 참 별것도 다 챙기네."

"이 좋은 세상에 살면서 그 고생하던 시절을 말라꼬 자꾸 들추노, 내는 다 이자뿠다."

내 옴마의 기억이 흐릿해지는지, 내가 유별나게 어린 시절을 들춰 기억하는지 모르겠다. 어쩌면 둘 다에 해당하겠다.

어젠 볕이 참 좋아서 동네를 어슬렁거리며 돌아다녔다.

부지런한 미옥 언니는 참깨를 두어 번 털었고, 맘씨 좋은 득임이 아지매는 콩잎을 소금물에 절이고 있다며 한 뭉치 건네주신다.

뒷집 성님은 김장배추를 심는다고 바쁘시고 옆집 아저씨는 여름내 땅 냄새를 마시게 한 분재 나무를 화분에 파 담느라 땀을 흘리신다. 의령 할매는 낙상으로 병원에 입원 중이신데 함 가봐야 될 낀데.

나는 마감이 지난 원고를 붙잡고 머리를 싸매고 있다. 아, 마감 신조차도 도와주시지 않는, 마감 신이 팽개친 원고는 도대체 누가 쓴단 말인공.

봄비와 주전부리

"여자가 주전부리를 좋아하모 집구석 망한다."

우리 할매는 매사에 엄격하고 단호한 분이셨다. 이 말은 할매가 며느리들한테, 손주들한테 종종 하시던 잔소리를 겸한 단도리였다.

그래도 봄비가 자글자글 내리면, 마루에 앉아 도단 위에 토닥토닥 떨어지던 빗방울 헤아리노라면 입이 심심해서 견딜 수 없었다.

우리 집 담장 너머엔 오래된 집 한 채가 엎드려 있었다. 밀서를 품은 비밀 요원처럼 돌아앉은 채.

뒤란에는 찔레 덤불이 무성하고 봄까치꽃이나 가시모밀이란 새 이름을 얻은 꽃들이 무리지어 흙이불을 덮고 있었던 것 같다.

어쩌면 덮개를 얹은 깊은 우물이 면경처럼 하늘을 비추고 싶어 안달을 부릴지도 몰랐다. 자야 아지매는 손맛이 좋은 분이셨다. 행동거지도 야무졌고 빈틈이 없었다: 하여 살림살이는 반짝

반짝 윤이 났고, 모든 부엌살림이며 기구들도 있을 자리에 반듯하게 자리를 잡았다.

자야 아지매집 초가지붕 처마엔 진흙과 볏짚이 알맞게 버무려진 제비집이 안정된 폼새로 매달려 있었다. 노란 부리 사이로 바알갛게 물든 혓바닥을 내민 채 먹이를 구하러 나간 어미를 기다리는 새끼들이 대여섯은 될 터였고, 욕심쟁이 둘째는 눈알이 튀어나올 듯 허공을 노려보며 앞발은 둥지 밖으로 빠져나왔다. 어미가 물어주는 것을 기다리느니 차라리 자신이 나가겠다며 곧 모이를 구하러 날갯짓을 할 폼으로.

봄비가 내리면 자야 아지매가 굽는 꼬솜한 정구지 찌짐이 담장을 넘어왔다.

내 어머니는 정구지 찌짐에 깐 바지락이나 하다못해 마른 호래기를 잘게 다져 넣기라도 했지만, 아지매 찌짐은 정구지에 밀가루 반죽뿐인데도 특별히 맛이 났다.

"아지매 음식은 와 이리 맛이 나지예? 장맛이 좋아서 그래예?"

"아이고 엄첩기도 해라. 을라가 우째 장맛을 들먹이고 그라는고?"

"아지매가 얼굴도 말씀도 이삔께 찌짐도 더 맛나는가예?"

"내는 얼굴에 동동구리모 한번 못 발라본 사람인데 무슨 말이고? 글고 학조(학교) 문턱에도 못 가본 일자 무식쟁인데 뭔 말을 잘할 끼든고?"

말씀은 그렇게 하면서도 아지매 얼굴은 바알갛게 홍조가 돌았다.

옴마는 아지매 옆에서 장떡을 구웠다.

늘 바쁜 몸이라 차분히 앉아 부침개를 뒤집을 시간도 부족했으므로 시간과 일손을 줄일 음식 장만을 기본으로 하셨으니. 밀가루에 멸치가루를 한 줌 넣고 봄비에 뾰족 돋는 방아잎과 달롱개와 소풀(부추)을 한 줌 썰어 넣었다. 된장을 조금 풀어 간을 하고, 밥물이 자작하게 졸아들 때 양푼이에 올렸다.

더러는 솜씨를 부린다고 솥두껑에 넓게 펴 바르는 조심스레 손잡이를 올리기도 했다. 그렇게 만든 장떡을 썰어내면 꿀맛이었다.

가끔 자야 아지매는 쑥털털이를 만들기도 했다.

여린 쑥들을 캐 와서 연분홍으로 드러난 뿌리 쪽을 잘 고르고 씻었다. 물기를 뺀 쑥에 밀가루를 묻혀 삼베보자기 위에 켜켜로 앉혀 쪄내면 끝인. 거기에 콩가루를 조금 묻히거나 신화당을 살짝 뿌리면 '혀가 깨금을 뛸 맛'으로 승화되곤 했다.

단순하면서도 명쾌하고, 향긋하면서도 깔끔한 쑥털털이의 그 맛.

봄비가 음전해졌다. 투박하게 출렁이던 내 맘이 소슬해진 모양이다. 겉옷에 그려진 무늬처럼 비를 드러내는 하늘의 속엔 여전히 해가 떠 있을 테지.

　앞산에 연둣빛 잎새들이 콩나물 대가리처럼 촘촘히 이마를 맞대고 있어도 그 아래엔 여백이 있고 쉼터가 있을 게다. 녹색의 밀도가 비현실적으로 드러나는 은행잎 그늘을 지나면, 사월은 거친 호흡을 가다듬겠지.

　대학에 합격하고도 찬란한 새내기의 왁자한 즐거움은커녕, 집에서 비대면으로 수업 하느라 좁은 방에서 형이랑 토닥거리는 작은 애가 즐길만한 주전부리는 뭐가 좋을라나?

　봄비처럼 냄새를 피워 올리고, 봄꽃처럼 어여쁜 그런 달콤한 먹을거리가 뭘까?

　아이가 저 먼 내 기억 속에 세 들어 사는 처마 밑의 제비 새끼처럼 한입에 냅다 삼킬 그런 향긋하고 맛나고 작고 도톰한.

3장

—

아부지

막개 복만씨와 정치망 어장

　내 아부지는 잘생긴 공군 출신 어부셨다. 할배께
물려받은 정치망 어장을 하셨는데 집에는 항상 일꾼들로 시끌벅
적했다. 우물가에 큰 가마솥을 걸어놓고 일꾼들의 밥도 짓고 국도
끓였는데 그 불 지피기가 예삿일이 아니었다.

　무쇠솥뚜껑은 얼마나 크고 무거웠던지 혹시라도 떨어뜨려서
내 발등을 찧지 않을까 조마조마해서, 두려움에 떨며 손에 땀을
쥐고 솥뚜껑을 여닫았던 기억이 새록새록하다.

　거기에다 새 솥이라도 사게 되면 콩기름을 먹이고, 마른 천으
로 닦고, 불을 피워 달구고, 다시 기름을 먹이고, 닦고 달구는 일
련의 과정을 통하여 솥이 제 구실을 하도록 질(윤기)을 냈다. (나
는 이 과정을 두 번 경험했다.)

　학교에서는 수업이 끝나면 네모반듯하게 구운 구수한 밀빵을
당번을 정해 하나씩 주곤 했다. 내 차례가 되어 빵을 받아들면 나

는 먹고 싶은 맘을 다잡기 위해 입술을 깨물고 그 빵을 가방에 넣어 집으로 달려갔다. 3년 터울로 줄줄이 태어난 동생이 벌써 셋이나 나를 기다리고 있었다.

나는 동생들도 업어줘야 했고, 우물이 마르면 물동이로 물을 길어오거나 가마솥에 불을 지피는 일을 도와야 했다. (내 키가 작고 목이 짧은 것은 필시, 어린 날 물동이랑 나뭇단을 너무 많이 이고 날랐기 때문일 게야!)

농촌의 사람 사는 일들이 다들 고만고만했다. 밭떼기에 채소와 농작물을 심어 먹었고, 논을 몇 마지기 가진 집들은 쌀밥을 지었다.

어장을 가진 우리 집 고방에는 먹을 것이 넘치지는 않았지만 마르지도 않았다. 우리 집에는 수시로 손님들이 드나들었고, 아침저녁으로 마당에 걸린 가마솥에서는 김이 피어올랐다.

옴마는 새벽부터 보리쌀을 삶거나, 국을 끓이거나, 야채를 데쳐 반찬을 만들어야 했다. 삶은 보리쌀이 떨어지면 버지기에 보리를 불려 손바닥이 얼얼하도록 비벼 밥을 지었다.

15인분의 밥과 국을 끓였는데 너덧 명쯤의 손님이 들이닥치면 옴마는 식은 밥을 데우고 끓여서 간을 맞춰둔 국의 양을 늘려야 했다. 그럴 때 말린 멸치는 큰 몫을 했는데, 시래깃국이나 콩나물국, 호박국에 멸치 한 줌을 더 넣고 맹물 한 바가지를 더 부어 끓이면 그 맛이 달큰했다. 특히 싱싱한 멸치로 담근 액젓은 간장보다 구수하고 맛깔스러웠다.

일꾼들은 한가득 고봉밥을 드셨고, 양푼이에 푸성귀를 잔뜩 손으로 뜯어 넣고 고추장 한 숟갈 넣은 비빔밥은 꿀맛이었다. 할매와 옴마의 숟가락은 천천히 움직였고, 고만고만한 아가들의 눈치 없는 숟가락은 쉴 새 없이 입으로 향했다.

그때의 배고픔과 부족함은 누구에게나 있는 결핍이었다. 부끄럽지도 대단하지도 않은 가난, 그러려니 하고 자신의 몫으로 받아들이던 가난, 자식에게 대물림하지 않으려고 허리띠 졸라매던 가난, 성실과 부지런함으로 이겨내던 가난이었다.

내가 3학년이 되면서 복만씨 어장엔 고기가 제대로 잡히지 않아 어려움이 깊어갔다. 자연의 세계에는 '해거리'라는 법칙이 있는데, 내 경험에 비춰보면 해거리는 동식물뿐만 아니라 인간 세계에도, 사업에도, 모든 것에 나타나는 법칙이 아닌가 싶다.

1학년 때까지는 그런대로 꾸려나가던 어장이 2~3년을 내리 실패를 하고 나니 일꾼들 품삯이며 어장 유지비로 빚이 켜켜이 쌓여가던 중이었다.

집으로 돌아오는 빠른 걸음만큼이나 두려움이 나에게 햇살처럼 자글자글 내리던 시절이었다. 늦은 오후에 낯선 손님들이 평상에 앉아있거나 선착장에서 아부지와 귓속말을 나누던 모습을 자주 목격하게 되었다.

그와 함께 아부지의 술타령은 나날이 늘어갔다. 아침부터 술에 취해 잠이 든 막개 복만씨가 댓돌 위에 아무렇게나 벗어던진 신발 짝이 집안 분위기로 익숙해졌다.

할매는 갯가에서 부지런히 바지락을 캐셨고, 할배는 중풍 든 몸을 지팡이에 의지한 채 마당을 거닐고 계셨다. 옴마의 잔소리가 아부지의 바짓가랑이를 잡았고, 빚쟁이들이 수시로 드나드는 풍경은 을씨년스러웠다.

나는 그런 상황이 싫었다. '이게 꿈이었다면', '한바탕 휘몰아치다 잠잠해지는 태풍이었다면', '도깨비가 휘두른 방망이 속의 사연이었다면', '어느 소설가의 유려한 문장 속 이야기였다면'

날마다 기도하다가 잠이 들었다.

나는 활자를 찾아 헤맸다. 동네 이장댁에 오던 새마을 소식지며 〈새농민〉, 흙내음 나고 푸석이던 벽지로 쓰인 오래된 신문, 삼촌이 쓰다가 모아둔 5학년 교과서, 선생님이 빌려준 소년소녀 세계명작 동화, 배둔 장날 국수방앗간에서 만난 〈선데이 서울〉 등 모든 활자에 매료당했다.

그 속에는 온갖 사건과 사연이 돌무더기처럼 쌓여 희한하고, 별별스러웠고, 재미있었다. 세상에는 숱한 이야기가 볍씨만큼 널려 있었고, 내가 희망하는 모든 세상이 들어있었다. 나는 그 이야기

의 한 끝을 부여잡고 세상을 향해 헤엄쳐 나갔다.

　나는 조숙하고 생각 많은 아이로 자라고 있었다. 내가 처한 현실과는 전혀 다른 환영을 보았다.
　내 몸은 동해국민학교와 깡촌, 전기 안 들어오는 막다른 오지인 막개 바닷가를 오가고 있었지만 내 영혼은 다른 세상, 다른 세계를 향해 자유롭게 날아가고 있었다.

멸치 어장과 꽃놀이배

　　　　우리 집과 마주보는 댁, 김또생 할배는 멸막(멸치 어장: 기선권현망어업)을 했다. 할배는 큰 키에 볼록한 똥배 (그 시절엔 배가 부자들의 폿대), 부리부리한 눈매에 거북등처럼 크고 넓적한 손을 가진 분이셨다.

　할배 어장에는 여러 척의 배가 있었다. 선단을 이루는데 배들은 각기 맡은 역할이 달랐고, 그들이 합해져야 제대로 된 어장이 형성되었다.

　멸치잡이는 끌그물이기 때문에 2척의 끌배가 양쪽으로 날개를 펴듯이 오비기와 수비로 멸치를 잡았다. 또 1척의 어탐선과 1척의 가공선까지 있었으므로 합하면 4~5척의 배들이 선착장에 대기 중이거나 먼 물에 떠 있었다.

　3척은 주로 바다에서 어획고를 올렸고, 가공선은 먼 바다에서 잡은 멸치를 즉시 삶아서 선착장을 통해 뭍으로 내렸다.

펄펄 끓는 뜨거운 물속에는 멸치가 가득했고, 빈 채반을 한 번 휘저어 알맞은 분량의 멸치를 옮겨 담았다. 그렇게 켜켜로 쌓은 채반을 육지로 이동하여 마당에 널어 말렸다.

멸치 조업은 봄부터 시작되는데 4월이 되면 타작마당에 멸치가 가득 널렸다.

5월 보리가 익어갈 즈음이면 호래기며 새끼 갈치며 딱새우까지 잡혀 풍성했다. 보통 모든 생물들은 오사리(일찍 잡히거나 생산된 농수산물을 통틀어 이르는 말)를 비싸게 쳐주었다. 봄에 잡힌 멸치들이 값나가는 법이다.

어장 마당에는 먹을 것이 가득했다. 아이들을 어여삐 여긴 할배는 뜨끈뜨끈한 호래기며 딱새우를 우리에게 나눠주시곤 하셨다. 할배의 똥배만큼 그 품도 마음도 넓은 분이셨다.

이웃 동네 아저씨 몇 분이 이 어장에서 일을 하셨다. 그분들은 멸치를 말리고, 그 속에 든 잡어들을 가리고, 종이봉투에 담는 일련의 작업들을 거들거나 가공선을 타고 바다로 나가기도 하셨다.

어탐선을 움직이는 선장님은 눈썰미가 있고 바닷속을 훤히 꿰뚫어 보시는 대단한 경력의 소유자셨다. 어느 시기, 어느 지점에 멸치 떼가 머무르는지, 어디로 움직이는지 예리한 직감으로 찾으셨다. 탐지기 활용이 보편화되기 전이었으니, 선장님의 촉은 한 해의 멸치 어장의 흥망을 결정짓는다 해도 과언이 아니었다. 그분의 몸값은 일반 선원들의 세 배 이상이었다.

선장님은 인사 잘하는 나를 어여삐 여겨서 도회의 집에 다녀오실 때마다 동화책을 갖다주셨다. 〈어깨동무〉나 〈학원〉 등의 잡지도 그때 만나게 되었다.

아직 국민학생이 읽기에는 버겁고 무거운 〈선데이 서울〉은 어른들 몰래 읽어야 하는 금기의 책이었다. 그래도 나는 그런 책들을 표지부터 마지막 장까지 읽고 또 읽었다. 금기를 어기는 그 짜릿함을 누가 마다하랴!

김또생 할배가 해마다 하는 연례행사가 있었으니 이름 하여 '봄 꽃놀이'였다. 본격적인 멸치잡이가 시작되기 전에 할배는 마을 사람들을 모두 큰 가공선에 태워 진해군항제나 거제대교, 남해대교 등 인근 지역으로 나들이를 데려가시곤 했다.

지금 생각하면 크루즈 여행이었다. 사람들은 멸치 가공선의 갑판에서 노래하고 춤추며 질펀하게 놀았다. 어린 나는 멀미 때문이기도 했고, 어른들의 노래와 춤을 따라하지도 못 한 채 하염없이 바다를 보고 또 보며 하루를 채웠다.

그때 만난 세상은 환상이고, 전율이고, 그림이고, 꿈길이었다. 그 시절부터 이어진 연례행사는 지금도 계속되어져 마을 어른들은 해마다 꽃놀이를 가신다. 올해도 어김없이 꽃놀이를 다녀오셨단다. 고향 출신의 자식들은 매년 추렴하여 저마다 형편껏 봉투를 내놓곤 한다.

내 어린 날의 기억이 꽃과 바다와 나들이와 크루즈로 연결될 때 추억은 얼마나 아름답고 화사하게 피어나랴! 그리하여 인생은 살아볼 만한 가치가 수백 수천 가지를 넘고 저마다의 삶은 꽃이고 열매이니 각자의 세월을 열심히 불 지피고 있지 않은가!

두 아들이 초·중학생이었을 때 돌섬으로 요트를 타러 다녔다. 어부의 외손자답게 다른 아이들보다 친근하고 쉽게 노를 저었고 돛을 올렸다. 아이들이 모는 딩기요트에 올라 수평을 잡고 물결을 헤치며 바다를 떠다녔다. 날렵하게 요트를 운전하는 아이들의 뒷모습에서 내 아부지의 실루엣이 떠오르곤 했다.

아이들이 청년이 되면 요트를 타고 제주도까지 다녀오자는 약속을 했었다. 내 마음속에는 늘 바닷바람이 불어오는데 서울로 간 아이들의 가슴속에도 여전히 닻이 내리고 돛이 오를까?

우리가 함께 나눴던 약속들이 꿈결처럼 아득하다.

소죽이 끓던 아궁이

　　아침에 폰을 들여다보다가 커다란 무쇠솥이 스쳐
갔다. 시꺼멓고 투박한 솥뚜껑이 부담스럽기도 했고 반갑기도 해
서 다시 되돌려 본다. 그 속에는 물이 펄펄 끓고 있다. 무엇이든
할 수 있는 불과 솥, 그리고 물.

　내 어린 날, 모든 연료는 불로부터 나왔다.
　여름날엔 방을 뎁히는 방법 대신 마당가에 아궁이를 만들어 밥
이며 반찬을 지었지만 겨울은 달랐다. 방마다 딸린 아궁이에는 솥
단지가 걸려있었고, 그 아궁이를 통해 불을 지펴야 방구들이 뜨겁
게 뎁혀졌고, 불힘이 딴 데로 빠지지 않고 구들까지 무사히 도달
하도록 솥이 중간자 역할을 했다.

　다른 집 남정네들은 산에서 나무를 곧잘 했고, 마당 귀퉁이나
뒤꼍에 나뭇단을 쌓아두고 언제든지 꺼내서 불을 지필 수 있도록

책임을 지셨지만, 내 아부지의 관심은 온통 어장에 닿아있었다. 어장에 물고기가 잡혀 돈이 생기면 일꾼들을 샀고, 그들이 집 건너편에 있는 산에 올라 나무를 베었다.

너도나도 산에 올라 나무를 베어 연료를 얻던 때였지만 소나무를 베는 것은 금기시되었다.

"밀주를 담지 마라", "솔을 베지 마라"

나라에서 개인의 삶에 철저히 개입하던 시절이었다.

마을엔 수시로 순사들이 술을 치고 솔을 치러 왔다. 그렇지만 순사들이 남의 산까지 와서 소나무를 베는지 따지지는 못했다.

아부지가 부른 일꾼들은 우리 산에 올라 생솔가지를 툭툭 부러뜨려 나무 밑에 쌓았고, 혹시라도 순사의 눈에 띄지 않게 갈방나무(참나무 가지)를 덮어 위장을 했다. 한두 달이 지나 그 솔가지들이 마르면 집으로 옮겨왔다.

장작이나 솔가지가 불땀은 좋았지만 첫불을 붙이거나 밥을 뜸들일 때는 적합하지 않았다. 그럴 때 다복솔 갈비가 필요했다.

옴마는 밭을 매다가 해가 쥐꼬리만큼 남았을 때 갈쿠리로 갈비를 긁어모았다. 그렇게 모은 갈비를 둥치로 만들어 머리에 이고 밭둑을 내려오곤 했다.

작은방 아궁이엔 커다란 무쇠솥이 걸려있었다. 그 솥에 조석으로 소죽을 끓였다. 새벽녘, 부지런한 할매의 고무신 끄는 소리에 이어 매캐한 연기가 창호지 바른 문을 뚫고 기어들었다. 동시에 아랫목이 따끈하게 뎁혀졌고, 온몸이 노곤하게 잦아들었다.

'아침이 더디게 왔으면', '이 달콤하고 아릿한 아랫목의 온기를 좀만 더 누렸으면' 하는 바람이 깊어갔다.

저물녘이 되기 전에 여물을 준비했다. 가을에 수확한 짚을 작두에 넣고 싹둑싹둑 썰었다. 잘 벼린 작두를 아부지가 들고 계셨고 나는 짚단을 밀어 넣었다. 날카로운 작두날에 손가락을 베지 않으려고 매번 온몸을 움찔거리면서…. 더러는 콩대도 썰었다.

짚과 함께 콩대를 넣어 삶으면 구수함이 밥 냄새만큼이나 더 좋았다. 그 위에 겨를 한 바가지 끼얹으면 마치 소죽에 고명을 뿌린 듯 때깔이 고왔다.

겨울이 되면 어른, 아이 할 것 없이 손등이 트거나 갈라졌다.

장갑도 없이 이런저런 노동에 젖은 손등은 추위를 이기지 못하고 때가 새까맣게 앉았다. 소죽을 퍼낸 무쇠솥에 물 몇 바가지를 부어 손을 담갔다. 쌀겨 찌꺼기가 남은 물은 미끈거렸고, 뜨거운 김은 얼굴 가득히 얹혔어도 기분이 좋았다.

잘 삶겨진 볏짚 몇 낱으로 손등을 쓱쓱 문지르면 때가 벗겨 나갔는지 붉은 핏줄이 선연히 돋았다.

아궁이엔 고구마가 꼬솜히 익어갔다. 소죽솥에 넣었던 손으로 군고구마의 껍질을 벗겨 입에 넣으면, 온몸 가득히 퍼지던 따뜻함의 감촉이라니. 아궁이 앞에 앉았던 몸에서도 손등에서도 입에서도 달콤함이 마법처럼 퍼졌다.

그런 날 저녁 일기장에는 밝은 이야기들이 등불처럼 타올랐다.

'우리 집 암소가 얼른 송아지를 낳아 재산이 늘어나면 좋겠다.'

'손등이 터져 친구들 앞에 내놓기에 부끄러웠는데 깨끗해져서 기분이 좋다.'

'군고구마는 사탕보다 달지는 않지만 먹고 나면 배가 든든하게 불러서 좋다.'

'갈비를 긁을 때는 힘들었는데 방구들이 따뜻해지니까 몸이 쫙 펴진다.'

'작두질을 할 때마다 손가락을 베일까봐 걱정했는데 다행이다.'

그러고도 시간이 남을 때는 등잔불 앞에 앉아 동화책을 읽었다. 〈소공녀〉와 〈소공자〉, 〈톰 소여의 모험〉, 〈몽테크리스토 백작〉, 〈암굴왕〉….

머나먼 남의 나라 이야기, 내게는 꿈속 같고 아득한 우주의 안드로메다성에나 존재할 법한 이야기들이 아궁이에 남은 장작불에서 타닥타닥 피어오르고 있었다.

다북한 솔갈비를 긁으며

집 뒤 묏등에 솔검불을 긁으러 갔다. 오늘 아침 유
난히 매캐한 연기가 아랫목으로 침입한 걸 보면, 조반을 지으며
옴마는 처음부터 청솔가지를 넣었음이 분명하다.

갈비로 한동안 아궁이를 뎁혔다가 불길끼리 화답할 즈음 청솔
가지를 넣어야 그나마 연기를 줄일 수 있다. 부엌의 불쏘시개가
부족할 때 나타나는 증상을 나는 일찌감치 감지했다.

열흘 전에도 갈구리와 낫, 새끼줄을 들고 산으로 갔다. 옴마
가 낫으로 탁탁 솔가지를 쳐 내리면 나는 그것들을 한곳으로 모
았다. 시간이 지나 산에서 저절로 마르면 이동도 쉽고 불길이 훨
씬 잘 붙었다.

솔방울과 갈비는 불쏘시개로도 쓰였지만 밥을 짓거나 보리쌀
을 삶을 때 뜸들이기에 알맞았다. 새끼줄을 두 개, 혹은 세 개 깔
고 그 위에 단을 지어 솔갈비를 차례대로 얹었다. 옴마는 큰 단

을, 나는 작은 단을 머리에 이고 산길을 아슬아슬하게 내려왔다.

다음 날은 수북이 모아둔 솔방울을 비료포대 몇 개에 나눠 가져왔다.

썩은 나무 밑동(끌티)과 삭정이들은 따로 챙겼다. 불땀이 좋은 솔방울과 끌티는 생선을 굽거나 조림 음식을 할 때 유용했다.

불기운이 충분할 때 아궁이 앞으로 자작하게 끌어와서는 석쇠에 생선을 얹고 구웠다. 솔갈비 속의 송진 내음이 생선의 겉껍질에 들러붙어 향이 좋았다. 지글지글 생선살 익는 내음이 부엌문을 빠져나와 마당을 건너 목섬으로 솔솔 퍼져나갔다.

아부지는 안살림에 무관심하셨다. 오직 어장과 어부와 어획고에만 몰두하셨다. 생선이 잘 잡히면 기분이 좋아서 술을 드셨고, 그물코가 성글어 생선 가뭄이 들면 화가 나서 마셨다.

아부지의 술기운이 가락으로 이어지면 한낮의 햇살이 60도쯤으로 기울어진 오후 네 시쯤 쓸쓸함이 저녁노을처럼 슬금슬금 우리 집 담장 가까이 다가왔다.

"이 풍진 세상을 만났으니 너의 희망이 무엇이냐…"
"사랑이 무어냐고 물으신다면 눈물의 씨앗이라고…"

그런 날 저녁 보리쌀 삶는 연기는 눈이 따갑게 아렸고, 해거름녘의 노을은 슬프도록 아름다웠다.

산그늘이 내린 양구네 굴뚝엔 구름연기가 피어났다. 우리 집 부엌엔 생솔가지 타는 내음 질펀했고, 삶의 고단함은 어린 내 생을 야금야금 갉아 먹었다.

가을이 되면 앞마당의 우물이 말랐고, 남동생은 리어카에 고무통을 싣고 동네 우물에 가서 물을 길었다.

식구가 많아서 빨래는 쌓이고, 곳간은 자주 비었다. 물동이를 이거나 버지기에 보릿쌀을 씻으며 보내던 내 유년은 허기진 채 터벅터벅 걸어가고 있었다.

아부지가 지게 가득 나뭇단을 짊어지고 내려오실 산길 언저리로 마중을 나서고 싶었다. 아부지는 오늘도 선착장에서 그물코를 헤아리시며 먼 바다를 보고 계실 터였다.

딱새를 물라 카모

이른 새벽 울린 벨소리에 친정집 전번이 뜬다. 노인이 계시는 집에서 걸려오는 밤중이나 새벽 전화는 불길하다.

나는 긴장한 채 심호흡을 먼저 한다.

"야야~ 내가 너무 일찍 걸었제?

"왜, 뭔 일 있어예? 어디 편찮아예?"

"아이다, 일은 뭔 일. 딱새가 생겨서…"

고3을 독서실에 데려다주고 막개에 갔다. 학교 대신 독서실로 가는 아이의 뒷모습이 아련하다.

옴마는 마당에 솥을 걸고 불을 지피고 계셨다. 부지깽이 끝이 발갛게 달아오른 걸 보면 이제 다 삶아진 모양이다.

딱새는 바닷가재의 경상도 고성쪽 방언이다. 사월부터 잡히기 시작하여 유월 보리누름까지가 제맛이다.

바다에서 잡아 올리는 생선이나 해조류, 연체동물 등등에 뭐니 뭐니 해도 제일 맛 나는 것은 갑각류다.

어부의 자식들은 시원한 대구탕을 앞에 놓고도 털게를 먼저 잡아 등딱지를 벗기는 것도, 노리끼리한 맛이 일품인 도다리회보다 먼저 돌게의 앞다리를 뜯어내는 것도, 게 맛을 알기 때문이다.

그 중에서도 아부지 어장에 잡힌 녀석들이 젤로 맛나다는 것을 기억하기 때문이다.

활(弓)섬을 바라보며 옴마와 둘이 딱새를 깠다. 가위로 딱새의 양 지느러미를 알맞게 잘라내고, 꼬리 부분도 삼각형으로 쳐 내고, 마지막으로 대가리를 뭉퉁거린 뒤 껍질을 오롯이 벗겨내면 살집만 남는다. 그렇게 장만한 딱새를 옴마와 둘이 먹었다.

무릇 잘난 사람, 아름다운 꽃, 맛난 식재료는 그 나름의 자기방어 방식이 있다. 여기서는 다만 게에 대하여 논하려 한다.

맛난 게를 먹으려면 날카로운 집게를 피해야 하고, 맛난 딱새를 먹으려면 날카로운 겹등딱지와 양 지느러미의 가시를 견뎌내야 하는 것이다.

아부지는 살아 계실 때, 딱새를 다듬어 주는 것을 좋아하셨다. 말로는 "아부지도 좀 자시지예!" 하면서도 날름날름 내 입에 살집 딱새를 집어넣었다.

"아부지, 애나로 맛나예. 정말정말 맛있어!"라며 애교를 부리면 모든 게 오케이였다.

그런 날은 기름값까지 넉넉히 챙겨주셨다.

저 먼 열 살 즈음에도 아부지는 대문 앞에 앉은 내게 딱새를 발라주셨다. 그때는 무슨 맛을 알았으랴. 그냥 제비 새끼처럼 입을 벌렸을 뿐이었겠지.

아부지가 그 딱새를 한 다라이 챙겼다가 생선장수 제주댁에게 맡기면 갓 찧은 쌀 댓박과 바꿀 수도 있었겠지만, 그 맛나는 것을 자식 입에 넣어 주셨던 게다.

앞집 형식이가 딱새의 집게발을 맛난 아이스케끼 빨듯이 쪽쪽거리며 혀끝으로 입술을 빠는 것도, 외할매가 드물게 딸네집에 다녀가시는 것도, 면장님댁에서 우리 집으로 연통이 오는 것도, 그때는 귀하디귀했던 딱새 몇 두름을 구하고자 함이었던 것을.

아부지가 돌아가시면서 어장을 팔았다.

아부지와 한 몸 같던 '복만호(福萬號)'와 어업권도 넘겼다.

어부의 삶이 그렇게 마감을 하게 된 것이었다.

복만호와 그물 어장이 없으니 친정에 가도 생선회를 사 먹어야 한다.

　복만호 물칸을 열기만 하면 퍼덕이던 노래미며 돌돔을 이제는 볼 수 없다.

　아부지 어장에서 뛰놀던 생선을 횟집 수족관에서 만날 때면 아쉬움과 간절한 그리움이 내 온몸을 관통한다.

　'아~~ 내가 그물을 깁고 배를 몰겠다고 할 걸'

　'아부지 어장을 내가 물려받겠다고 할 걸'

　그러나 모두 지난 얘기다. 후회해도 소용이 없다.

　선산에 누워 따뜻한 볕뉘를 쬐고 계실 우리 아부지. 막개 복만씨, 보고 싶다.

콩쿨대회

　　일 년에 두 번, 면 단위의 콩쿨대회가 열렸다. 그때마다 뒷집 갑출 오빠야는 물 만난 고기처럼 기운이 뻗쳤고 온몸에 콩나물 대가리가 넘쳤다. 오빠의 몸이 빨랫줄처럼 휘청거리면 신명 난 노랫말들이 빨래집게처럼 빼곡히 매달렸다.

　나는 그런 갑출 오빠야를 보면서 배호와 남진, 나훈아와 이장희란 이름이 빨래처럼 펄럭이는 것을 보았다.

　출전을 예비한 자칭 가수들은 사람들이 두엇만 모여도 숟가락 몽댕이를 들거나 소줏병 주둥이에 입을 대고 노래를 뽑았다.

　상구 아부지는 곧잘 가사를 잊어버리셔서 머리를 긁적였고, 끝순이 옴마는 첫 음을 높게 잡아서 뒤로 넘어질 듯 목청을 뽑았다.

　둘님이 아지매는 아는 노래가 한 곡도 없다면서도 가짜 마이크만 잡으면 한꺼번에 서너 곡씩 부르셨다.

　옥자 할매의 간드러진 음성에서 터져 나온 이미자의 노래는 마치 실타래에서 풀려나온 명주실처럼 길고 가냘팠다.

내 아버지도 질세라 '사랑이 무어냐고 물으신다면'을 흥얼거리셨다.

가설무대가 설치되고 갖춰진 밴드 대신 기타 한 대를 둘러맨 청년이 오른쪽에, 사회를 맡은 면사무소 서기가 왼쪽에 섰다. 청년의 머리는 엉터리 고대기로 말았는지, 인두에 살짝 지졌는지 분간이 안 갈 만큼의 곱슬로 부스스했다.

목에는 빨간색 머플러를 옆으로 살짝 묶어 멋을 부렸고, 청바지통은 꼬맹이 하나가 들어갈 만큼 넓었다.

사회자 면서기도 뽄을 낸다고 포마드를 얼마나 발랐는지 떡진 앞머리가 불빛에 번들거렸다.

출연자들의 멋 부림은 당연지사지만, 구경꾼들 또한 깔롱을 있는 대로 부렸다.

순이 언니는 꼬불쳐 둔 월남치마를 치렁치렁 늘였고, 갑사댕기는 다림질이 몇 번이나 지나갔는지 반질반질했다.

을구 아재는 국제시장에서 사 온 구제 청바지와 해골바가지가 새겨진 버클의 혁대를 얼마나 땡겨 맸는지 두 엉덩이에 겹친 솔기가 우스꽝스러웠다.

점자 언니는 가제수건에 갖가지 색실로 수놓은 목도리를 둘렀고, 미숙이 옴마는 무궁화가 듬성듬성 그려진 몸빼바지와 지지미 블라우스로 한껏 멋을 부렸다.

뭐니 뭐니 해도 모든 차림의 하이라이트는 포마드와 새빨간 립스틱이었다. 젊은 공군 시절부터 내 아부지는 포마드를 발라 머리를 넘겼는데, 동네 아재들과 오빠들이 며칠 전부터 그걸 한 번 바르겠다고 미리 부탁을 해 왔다.

누군가는 달걀 몇 개를 또 다른 이는 새마을 담배 한 갑을, 두꺼비 소주 한 병을 들고 왔다. 그럴 때 내 아부지가 포마드를 적당히 머리빗에 얹어서 가지런히 빗질하는 법을 가르치는 폼이 미용사 같았다.

왼손바닥으로는 머릿결을 부드럽게 넘기고 오른손으로는 촘촘한 참빗을 달래듯이 머리 위에 얹었다.

동네 아낙네들은 순이 언니네에 모여 단장하는 법을 배웠다. 동동구리무를 검지손가락에 묻혀 살살 펴 바른 뒤 하얗게 분칠을 했다.

마지막으로는 입술연지를 바르는 것이었는데 새끼손가락 끝에 새똥만하게 루즈를 묻힌 뒤 입술에 잔뜩 힘을 주었다. 그리고 윗입술 가운데부터 양쪽으로, 아랫입술 왼편에서 오른편으로 바르면 화장이 끝났다.

경대를 끌어당겨 면경을 들여다보면 거기, 낯설고 생경하면서도 눈부시게 환한 얼굴이 옥잠화처럼 피어 있었다.

"내일 전쟁이 난다해도, 내일 태풍으로 집따까리가 날아간다 해도 나는 오늘을 살리라." 다들 그 문장을 가슴에 안고 서로의 변한 얼굴을 쳐다보며 콩쿨장으로 걸음을 옮겼다.

대상은 따 놓은 당상이었고, 단골 수상자였던 갑출 오빠야는 '돌아와요 부산항에'를 멋들어지게 불러 제쳤다.

당연히 앵콜을 받았고 이어지는 '한오백년'은 구슬펐고 애잔했다. 장원에 뽑히면 '사랑은 아직도 끝나지 않았네'를 서비스 곡으로 뽑아 주었다.

내 옴마가 '산 너머 남촌에는'을 불러 두 되짜리 주전자를 따 오셔도, 내 삼촌이 할머니의 애창곡 '희망가'를 불러 큰다라이를 받아오셔도, 내 마음에는 갑출 오빠야가 불러주는 조용필 노랫말의 서정과 낭만만 가득 차 있었다.

내 눈에는 노래 잘하는 갑출 오빠야가 남자 중에 상남자요, 최고로 멋져 보였지만 언감생심이었다. 나보다 갑출 오빠야를 더 좋아하는 윗동네 미선 언니를 결코 따라잡을 수 없었으므로.

나는 겨우 솜털 뽀스스한 국민학생이었고, 깔롱쟁이 처녀인 미선 언니의 젖가슴은 복숭아만하게 솟았고, 엉덩이는 달덩이처럼 부풀어 있었으므로.

　아부지는 돌아가실 때까지 포마드 기름을 바르셨다. 백발 노인
의 빛나는 머릿결에 얹힌 포마드 기름은 햇살을 받아 반짝였다.
아부지가 쓰시다 남긴 포마드 기름통은 아직도 서랍 안에 남아 있
다. 주인을 잃은 통은 점점 윤기를 잃고 있다.

아부지의 대구탕

딱 제철이다. 한 장 남은 달력이 벽에 등을 기대고 얇은 몸피를 자랑할 이 즈음, 한 해의 마무리로 바쁜 12월의 끝자락 즈음.

가마솥에 얇게 썬 무를 펄펄 끓이다가 볼때기, 몸통, 꼬리까지 한 자 넘을 특대짜 대구 두어 마리를 다 넣고 곤(고니)과 알과 창자까지 보태 한소끔 끓여낸 뒤, 마지막엔 모자반을 듬뿍 넣었다.

첫 기미(氣味)를 위해 부엌의 성주신께 사발 넘치게 한 그릇 올려놓고 어른부터 대접을 돌렸다. 그런 날 마당의 멍석은 뜨끈했고, 후루룩 국물 들이키는 소리는 요란했고, 대구 뼈들은 물컹하게 상 위에 쌓였다. 아이들은 먹다 남은 모자반 알맹이를 꺼내 톡톡 터트렸다.

국물 속에서 새파랗게 데쳐진 모자반은 반질반질 빛이 났다. 한 켠에는 모자반 설침이 그득히 놓여 입맛을 다시게 했다.

옴마가 무치는 모자반 설침은 맛났다. 그 맛은 깔끔하고 담백했다.

벼를 베고 가을걷이가 끝나면 콩 타작은 쉬엄쉬엄 이뤄졌다. 타작마당에서 자잘한 흙덩이를 잔뜩 물고 온 콩을 올이 굵은 체에 받친 다음, 눈에 보이는 돌멩이들을 가려내고 다시 소반에 올려 콩을 골랐다.

못생기고 자잘하고 모난 콩들은 메주용으로 합해지고, 동글동글 잘생기고 흠집 없는 것들을 따로 골라 콩나물을 길렀다. 하루에 몇 차례씩 물을 주고, 검게 물들인 삼베보자기를 씌운 콩나물이 손가락 크기로 자라면 맛난 반찬거리였다.

살짝 데친 콩나물과 뜨거운 물에 한 번 구르기만 한 모자반은 궁합이 잘 맞는다. 젓간장과 찧은 마늘을 넣고 조물조물 무치다가 마지막에 깨소금만 살짝 뿌리면 맞춤인 음식이다.
(2021년 12월 9일에 방영된 '한국인의 밥상'에서 나는 옴마와 마주 보며 이 맛을 재현했다)

할배께 물려받은 정치망 어장은 봄부터 가을까지 온갖 잡어로 출렁이다가 겨울 되어 대구가 잡혀야 돈이 되었다. 그런데 아부지의 어장은 몇 년째 대구는커녕 잡어조차 잡히지 않았다. 60년대, 난류성 회귀 어종인 대구들이 돌아오지 않던 겨울을 보내며 아부지의 어장은 문을 닫았다.

십 대의 어린 나는 빈 어장 담벼락에 기대어 아부지의 뒷굽 닳은 장화의 발목까지 고스란히 지켜보아야 했다.

누구나 그렇듯 지금까지도 여전한 단골 레퍼토리로 남은, 실패 뒤의 술독에 빠져 사는 일상까지 두루두루 겪은 뒤에 아부지는 어부로 재기하셨다. 정치망 어장을 하는 동안 일꾼들의 품삯을 제때 지불하느라 등골이 휜 아부지는 옴마와 단둘이서도 해 나갈 수 있는 작은 어장을 만드셨다.

명민하셨고 손재주 좋으신 아부지는 인근 마을 어부들의 어장도 주문 받아 그물을 꿰매셨다. 아부지가 만드신 그물에는 대구가 잘 잡혔다.

그 해 잡은 첫 대구를 식구들에게 맨 먼저 맛보게 하는 것이 우리 집의 오랜 전통이었다. 대구가 잡히면 아부지는 여섯 자식에게 기별을 넣으셨다.

그리하여 친정집 부엌엔 대구탕이 펄펄 끓어오르고, 담장에 널렸던 모자반이 집안으로 자리를 옮기고, 부엌의 성주신께 한 그릇 먼저 예를 올리고 둥근 상에 6남매의 식솔들까지 모두 마주 앉아 대구탕을 먹는 풍경이 해마다 그려졌었다.

2016년 11월, 아부지가 돌아가시고 그 의례는 끝이 났다.

우리네 삶이란 그런 것이다.

오랜 세월 이어오던 역사의 맥은 누군가의 부재로 끊어지고 그 자리엔 누군가의 재청으로 또 새로운 문화가 생길 것이다.

고향 집이 아니면 대구축제가 열리는 외포항 어느 식당의 한 방에서 형제들 모두 모여 대구탕을 먹을 일이다. 고인을 추억하고 옛일을 회람하면서 말이다.

그런데 식당에서 먹는 대구탕의 맛은 예전, 막개 우리 집 거실에서 아부지가 손수 잡아 올린 그 대구탕의 맛과는 결코 비교 불가다. 왜냐하면 막개의 대구탕엔 추억과 웃음과 기다림과 세월이 함께였으니 말이다.

누가, 그 어떤 멋진 장소가 그것들을 대신할 수 있으랴.

옴마는 아직도 대구탕을 끓인다. 아부지 어장에서 직접 건져 올린 대구는 아니지만, 아부지 손때가 묻은 마을 이장댁 어장에 잡힌 대구를 주문하여 넉넉하게 고니를 자른다. 뭐니 뭐니 해도 대구탕은 고니가 들어야 제맛이다. 그렇게 한 솥 끓인 대구탕을 여섯 자식들을 앉혀놓고 푸짐하게 먹이신다. 뜨끈한 국물이 안경알을 뿌옇게 흐린다.

돌아가신 막개 복만씨가 무척 그리운 날이다.

4장

할매

류만순 우리 할매

'나란 한 인간의 존재를 생성시켜 준 큰 품' 내게 할매는 그런 분이셨다.

일제강점기의 끝자락에 할머니는 일본에서 생활하셨다. 어느 시점에 할매와 할배가 일본으로 가셨는지 잘은 모르겠지만 (돌아가셨으니 여쭤볼 기회를 영영 놓쳤다.) 큰아들인 아부지를 낳자마자 일본으로 떠나셨다는 것은 확실하다. 아부지가 33년생이시니 해방되기 10여 년 전에 가셨던 듯싶다.

히로시마에서 사시는 동안 할매는 일본의 문화와 생활풍습을 부지런히 익히신 모양이었다. 일본 생활 10여 년을 중간에 끝내고 귀국하신 것은 아마 할배의 취미생활(노름?) 때문이셨으리라.

석공 기술이 뛰어나셨던 할배는 일주일에 한 자루씩 돈을 벌어오셨고, 그중 한 다발만 집에 남기고는 자루를 그대로 짊어지고 노름방으로 가시곤 했단다. 그 돈을 다 잃으면 집에 돌아오셔서 다시 석공 일을 하러 가셨다는 게다. (아이고, 아까버라! 재일 교포 부자 할배로 떵떵거릴 유일한 기회를 그렇게 놓치시다뇨!)

어느 집이나 속 썩이는 사람이 있다. 예전에는 노름과 아편, 처첩질과 주폭일 테고 요즘엔 몇 가지 중독이 더해졌다. 주식, 가상 화폐, 복권, 컴게임, 쇼핑, 경마 등을 들 수 있을라나?

할매의 강력한 주장으로 광복되기 전에 두 분은 귀국하셨다. 히로시마에 사셨으니 그대로 계셨더라면 원폭의 피해자가 되었을 수도 있었겠다. 전화위복은 이럴 때 사용하는 말인가?

할매의 일본살이 경험은 내게 큰 영향을 끼쳤다. 예의 바름과 조신함 (어렸을 때는 그랬겠지만 자라면서 나는 좀 변했다.), 여자도 공부해야 한다는 여성 지위 향상, 자의식, 당당함, 세련됨, 남녀유별, 원피스와 주름치마, 다소곳함, 친절함 등이다.

50대에 과부가 되신 할매는 유난히 손주들을 아끼고 챙기며 사랑하셨다. 60대 초반에 들어선 나는 이제야 할매의 그 모든 언행들을 이해할 수 있다. 손주 중에서도 맏이인 나를 유난히 끼고도 셨던 그 각별함과 극성을 말이다.

어린 나는 할매의 그런 유별함이 싫었다. 친구들처럼 맘대로 뛰고 절고 들판을 쏘다니며 망아지처럼 놀고 싶었다. 그러나 할매는 내 목에 고삐를 단단히 매고 당기셨다.

여고생이 되어 마산에서 유학을 시작하고서는 비로소 할매의 감시와 감독에서 탈출했다. 시골 촌뜨기가 (지금도 나를 촌년이라고 놀리는 지인이 있다.) 만난 마산 생활은 경이롭고 신났다.

나는 1학년 때부터 문예반에 들었고, 책과 원고지를 끼고 오후 수업을 빼먹곤 했다.

돌이켜보면 할매의 모든 것이 그립고 서럽다. 지금 할매와 마주하면 많은 얘길 나눌 수 있으리라. 그리고 할매의 긴 인생을 실타래처럼 글로 풀어낼 수 있으리라.

격변기의 일제강점기, 6·25전쟁, 새마을 운동, 민주화를 외치던 세상의 변화에 대하여, 그리고 한 여성의 삶과 질곡과 외로움과 사랑에 대하여.

그러나 세월은 우리 곁을 쏜살같이 지나 할매는 돌아가시고 아부지도 세상을 떠나셨다. 두 분 살아오신 모습을 온전히 채록할 기회를 잃었다. 옴마와 내가 아무리 기억을 뒤집어 재생해본들, 할매의 삶 가닥가닥을 어이 풀어낼 수 있으리.

후회는 소용이 없고 실행은 늘 늦다. 인생이란 징검다리를 우리는 그렇게 건너가는 것이다.

누구보다 꿋꿋하고 치열하게 자신의 생을 살아오셨던, 삼종지도의 평생을 내게 온몸으로 보여주셨던 류.만.순. 우리 할매의 삶을 경배한다.

고사리야, 고사리야!

　　바다와 잇닿은 곳에 산이 있었다. 내 집 앞 낮은 해안선을 따라 걷다 만나는 나지막한 앞산이 갈매기 날갯짓처럼 둥글었다.

　　봄날 새잎들이 곰살궂게 잎을 틔우면 나뭇가지들은 마치 창모자를 쓴 소녀처럼 푸릇푸릇 연둣빛으로 물이 올랐다.
　　계절의 물목을 잘 짚어내시던 내 할매는 봄비 내린 다음 날 새벽이면 일찌감치 집을 나섰다.
　　무명천을 재봉틀에 덜덜 박은 자루를 끼고 가끔은 일찍 눈 뜬 나를 데려가곤 하셨다.

　　초봄에 제일 먼저 뜨는 나물은 홑잎이었다. 화살나무의 새순으로 부지런한 사람만이 먹는다 했고, 봄나물 중에 맛을 최고로 치는 여리고 작은 잎이다.

홑잎이 제법 자라고 나면 머위가 돋았다. 번식력이 좋은 머위는 머잖아 사방팔방 퍼질 것이다.

키 큰 두릅과 오가피순을 따고 나면 참죽나무에서 발가스름하게 가죽나물이 피는데 노리끼리하면서 야릇한 특유의 냄새가 났다.

이런 순위로 봄나물을 두어 번 채취한 뒤에, 비로소 봄의 안테나 같은 고사리가 돋았다. 고사리는 기름기 많은 폭신한 흙을 좋아해서 영등할미께 올리는 황토를 채취한 자리에 대가 굵고 튼실한 고사리가 고개를 내밀곤 했다.

고사리를 꺾을 때 '토옥!' 하는 특유의 소리가 재밌어 나는 강아지처럼 산밭을 쏘다녔다. 내가 꺾은 고사리는 다 펴버린 가늘고 질긴 쫄대였고, 할매의 자루엔 암팡진 고사리가 수북했다.

산의 식물들은 저마다의 자람터가 있다. 송이가 그렇고, 귀한 약초와 산나물들이 군락을 이룬다.

앞산 어느 골짝에 도라지가 많이 나는지, 뒷산 어느 기슭이나 능선에 석이버섯이 돋는지는 아는 사람만의 비밀이며 아는 사람만의 밭이다.

같은 시간 아무리 산을 누벼도 저마다의 수확물이 다른 것은, 그 산의 풍요로운 곳간을 아무나 쉽게 찾아내지 못하는 것은, 오랜 직감과 경험과 능력의 문제인 것이다.

수십 년간 산을 오른 내공이 없으면 산이 가진 내밀한 기류에 맞닿은 인연을 만날 수 없다. 산은 그를 더 깊이 껴안고 온유하는 자에게만 자신이 가진 것의 채취를 허락하는 셈이다.

고사리는 특유의 냄새가 있다. 아릿하면서 알싸한, 코끝을 스쳐가는 봄 아침의 물비린내 닮은 독기를 살짝 내려놓는 얌전한 의식 같은 그 무엇. 수용성의 독성을 가진 고사리는 삶아 말려야 비로소 그가 가진 독기를 온전히 내려놓는다.

나는 고사리를 삶을 때의 그 향긋한 내음이 좋아 코를 실룩거리고 킁킁대며 김이 오를 때, 내 머리통을 온전히 솥 위에 걸쳐둔다. 물을 자작하게 둘러 실한 놈을 가운데 앉히고 내가 꺾어온 허접한 고사리밥을 위에 놓으면, 고사리가 제 몫의 영양을 내놓기 위해 마지막 독성을 잔뜩 내뿜을 때, 향기로 오인하고는 온몸으로 흡입하는 것이다.

그것은 솔숲에 이는 바람 냄새 같기도 하고, 숲 그늘이 피워 올리는 날숨 냄새이기도 하다. 겨울을 견뎌낸 마른 잎들의 오래 참은 하품 냄새거나 저 산봉우리 오리나무 뿌리들이 손에 손을 맞잡아 잇닿은 땀 냄새를 닮은 것도 같다.

내가 고사리 삶는 냄새를 한결같이 애정하는 것은 그 속에 깊든 나만의 의미 때문이다. 내 기억 속 수많은 이름의 자국들, 몇 가지를 조합한 유려한 문장의 흔적들, 내 가슴 깊은 곳에 오래 지녔던 침향의 화석들 때문이다.

내 할매는 50대 초반에 과부가 되셨다. 혼자된 할매의 시절보다 십여 년을 더 살고 보니 이제야 오롯이 그분의 삶을 이해할 수 있다.

나란 사람은 얼마나 아둔하고 우매한 존재인지, 돌아가실 때까지 할머니의 삶을 존중한다고, 애쓰시면서도 잘 살아오셔서 고맙단 인사를 드리지 못했다.

다 늦은 이제사 비로소 엎드려 절한다.

싸리비

태풍이 지나고 나면 하늘은 놀랄 만치 맑고 깨끗하다. 투명함으로 치면 '태풍 다음 날의 하늘만큼'이라고 표현하면, 나는 그 투명함을 선명히 알아차릴 수 있을 정도다.

바닷가에서 태어나서 살아온 나는 태풍을 자주, 강하게 맞곤 했다. 육지 마을에 사는 사람들은 태풍에 대한 피해를 상대적으로 적게 보고 산다는 데 동의한다. 높은 산이 바람을 막아주거나 해서 태풍은 육지에 도착하면서 급격히 힘을 잃는다는 상식에 근거해도 그렇다.

온 세상을 뒤집을 듯이 바닷물이 출렁이며 마당을 가득 채우고 축담을 넘어 마루 밑에까지 쳐들어온 바닷물이 모두 빠지고 나면 온 집안은 엉망진창이 되어 있었다.

세숫대야는 장독대의 씨간장 뚜껑 위에 엎혀 있었고, 짝 잃은 고무신들이 부엌까지 점령하여 솥뚜껑 위에 걸쳐지기도 했다.

할매는 그 모든 것을 제자리에 앉히는데 선수셨다. 오랜 경험으로 가장 먼저 부엌을 치우고, 장독을 손질하고, 자질구레한 쓰레기들을 한곳에 모으셨으며 우물가에 많은 집기들이 쌓였다.

씻고 빨고 말리는 일은 옴마 몫이었고, 나는 부지런히 심부름을 하면 될 터였다.

할매는 싸리비로 마당을 쓸어 내셨다. 빗자국이 선명하게 마당의 흙에 가느다란 줄을 남겼다. 산에서 잘라 온 싸리나무를 바닷물에 담갔다가 다시 말린 빗자루는 유용한 생활용품이었다. 싸리비를 싸악싸악 쓸어낼 때의 그 소리를 듣고 있으면 세상의 온갖 때를 쓸어내는 느낌을 받았다.

싸리비는 댓돌 위에 놓인 고무신들을 나란히 줄 세웠고, 마당 한 켠에 삐죽이 돋는 질경이들을 호되게 막았으며 이제 막 터트리는 봉숭아 씨앗을 꽃밭의 흙더미 속으로 밀어 넣었다. 할매 말을 안 듣고 갯가에서 쏙을 낚느라 뻘 칠갑을 하고 돌아온 둘째의 엉덩이를 후려치는 데도 맞춤이었다.

요즈음도 마알갛게 쓸린 마당을 볼 때면, 어느 집 대문가에 심겨진 댑싸리를 볼 때면, 내 어린 날의 시골 풍경이 떠오른다.

가을걷이가 얼추 끝나고 바쁜 걸음을 쉬어갈 무렵, 아부지는 몇 개의 빗자루를 장만하신 거였다. 방이나 마루에 쓸기 좋은 수수 빗자루, 마당을 쓰는 싸리비, 부엌이나 광의 바닥을 쓸기에 편한 댑싸리 빗자루를 몇 개 만들어 광에 걸어 놓으며 손으로 쓸어보곤 하셨다.

빗자루는 방이나 부엌, 광이나 뒷마당만 쓸었을까? 골목과 타작마당을 쓸었고 세상의 모든 근심까지 쓸어내리진 않았을까.

앞산 언덕에 싸리꽃이 보랏빛 꽃송이를 대롱대롱 달고 있다. 향도 그득하다. 탐이 나서 싸릿대를 휘어잡다가 손길을 멈춘다. 저꽃들은 어디서 살고 싶을까? 산에서, 태어난 그 자리에서, 이웃들과 함께 살던 고향을 떠나기 싫어 몸을 움츠리며 손길을 거절할텐데. 나는 사람이라는 이유로 어디든 움직일 수 있고, 무엇이든취할 수 있다는 헛된 욕심으로 또 탐을 내는구나.

한 아름 꺾어와 거실에 꽂아도 며칠 살아내지 못할 꽃을 내가보겠다고 쉬이 꺾으려 덤비는 이 어리석음이라니.

구슬마을의 집집마다 마당이 마알갛다. 마을 주민들이 다들 부지런한 손을 보여주는데 나만 한량없이 게으르고 무심하다.

부끄러움으로 내게 앞치마를 두르게 한다. 싸리비를 찾아들고공원에 나가 비질을 해야겠다.

도안만(道岸灣)의 동신호

하루 두 번, 동신호가 마을 선착장에 닿는다.

아침 7시와 오후 2시는 도시로 가는 사람과 물류를 태우는 출발 배이고, 10시와 오후 4시에는 도시에서 고향 집으로 돌아오는 사람들을 태워 마을 선착장에 내려주기 위해서다.

적당히 낡은 통통배는 비바람이 불면 온통 옷을 적셨다. 그럴 때를 대비하여 수십 개의 비료포대를 쪼개서 갑판 아래에 따로 두는 공간이 있었다. 날씨가 안 좋은 날은 그 갑판 아래로 들어가서 몸을 쪼그리고 앉거나, 비료포대를 우의처럼 둘러쓰고 뱃전에 앉아 시간을 다독였다.

내 할매는 집 앞 개짱물(썰물에 바닥이 자주 드러나는 지면을 이르는 사투리)에 나가 바지락을 캐셨다.

특히 설과 추석, 음력 이월과 구월에는 서너물때(음력 11일 즈음)부터 보름께의 일곱물을 지나 열물때까지 바지락 밭에 엎드려 호미질을 하셨다. 어촌과 가까운 지역에서는 제사나 명절 탕국을 끓일 때 바지락을 꼭 넣었기 때문이다.

그 시절 우리 집은 넓고도 수확이 상당한 바지락 밭을 보유 중이었다. 나도 자주 할매를 따라 모랫벌을 헤집곤 했다.

할매는 바지락을 동신호에 싣고 마산 어판장에 내다 파셨다. 어시장에는 진동골목이란 상가가 형성되어 있었고, 그곳에는 단골 상인들이 몇 분 계셨다. 그들은 도안만(道岸灣) 조개의 싱싱함과 맛을 알았다.

내 할매가 가져가신 바지락은 곧 단골의 손에 넘어갔다. 할매는 마산에서 떠나는 2시 버스를 타고 진동 고현에 내려 다시 동신호를 타고 집으로 오시는 것이었다.

할매가 도선(渡船)을 타고 집에 오실 시간을 손꼽아 기다렸다.

할매의 장바구니에는 여섯 손주들의 제비 새끼같이 붉은 입술에 물려줄 눈깔사탕이며, 도시락 반찬에 넣어줄 부산오뎅이며, 멸치랑 머윗대를 달달하게 볶아줄 진간장에 설탕봉다리까지 구멍구멍 들어있었다.

때로는 내 머리를 묶어줄 방울 달린 색색의 고무줄과 카라가 고불고불하게 넓은, 프릴 달린 브라우스에 간당구(원피스)가 들어 있기도 했다.

마산의 고등학교에 진학한 첫해는 주말마다 도선을 타고 집으로 왔다.

토요일 오후 도선에서는 친구와 선배들을 만날 수 있었다. 저마다의 꿈과 희망으로 유학을 떠난 소년 소녀들이었다. 여학생들은 새침했고, 남학생들은 여드름 돋은 얼굴을 붉히며 바다를 보았다. 서로가 한마디 말도 못 건넸지만, 뱃전에 부서지는 물결을 자꾸만 쳐다보았다.

눈길과 마음이 오가는 길은 다르다. 시선과 감정이 부딪는 시공간은 아득한 추억의 장소이며, 그리움의 사각지대가 아닐까.

이제는 동신호 뱃길 위에 동진교가 놓였다. 다리가 놓이고 20여 년의 세월이 흘렀다. 수많은 사람들이 자가용으로 다리를 건넌다.

그 옛날 빨간 시외버스에 짐짝처럼 실려 출렁이던 한 시간 길에, 좀체 시간을 안 지키던 뱃길의 40분과 기다리던 시간까지 합하여 두세 시간 걸리던 길이다.

누군가 '추억은 힘이 세다'고 했던가? 늙으면 추억이 많은 사람이 부자라고 했던가? 그리고 보면 나는 숱한 추억 바구니를 도안 바다의 물결 수량만큼 지니고 사는 사람이다.

앞으로도 행복할 추억 부자다.

풍개나무 아래에서

우리 집 대문 옆에는 풍개나무 한 그루가 있었다. 감나무며 무화과나무는 흔했지만, 다른 과일나무가 귀해서 우리 마을에 풍개나무는 단 한 그루뿐이었다.

어찌하여 그 나무가 대문 옆에 자리 잡았는지는 모르겠지만 넓게 가지를 펴고 잎을 틔우고 화사한 꽃을 피워 올렸다. 꽃이 진 자리에 콩알만한 열매가 맺히기 시작하면 지나가는 사람들 입 안에 저절로 침이 고였다.

풍개나무 아래에 닭장이 있었다. 어장에서 쓰다만 낡은 그물을 엮어 만든 닭장에는 여러 마리의 닭들이 구구대며 놀았다. 장닭을 가운데 두고 싸울 때도 있었고, 씨암탉을 시기하며 볏을 꼿꼿이 세우고 부리로 서로를 쪼거나 물어뜯기도 했다.

그래도 암탉은 부지런히 알을 낳았고 부화를 시켰다. 허술한 그물망을 뚫고 족제비와 수달이 와서 병아리를 물어가기도 했지만 다들 그러려니 하면서 살던 시절이었다.

동네 머스마들은 풍개가 익을 무렵 우리 집 주위를 맴돌며 호시탐탐 풍개를 탐냈다. 엄하기로 소문난 호랑이 우리 할매는 그런 머스마들을 단숨에 제압하는 능력자셨다.

아이들은 할매를 '옥보할매(욕심쟁이)'라 놀렸지만 나는 우리 할매가 결코 그런 분이 아님을 안다.

할매는 동네를 떠돌던 걸인이 와도 "밥상을 잘 차려 드려라!" 이르셨고, 지나가는 사람에게 물 한 대접이라도 내놓아야 맘이 편한 분이셨다. 그런 할매가 동네 머스마들에게 풍개 몇 개 내주는 것이 무에 그리 대수랴.

나는 할매의 마음을 다 안다. 할매는 나 때문에 그러셨다. 동네 머스마들이 내게 딴 마음을 먹지 않게 단도리하시는 일. 귀한 손녀딸이 머스마들이랑 천방지축 돌아다니지 않게 챙기시는 일. 이상야릇한 소문에 시달리지 않게 미리 사단을 막는 일. 남녀칠세부동석(男女七歲不同席)의 준엄함을 따르려 하셨던 일. (아이고, 할매! 그기 되능교?)

나는 할매의 마음을 다 알아도 말괄량이 왈가닥이 되기로 했다. 털바리에 선머슴아가 되기로 작정했다. 그 편이 훨씬 편안하고 재밌으니까. 그 쪽이 훨씬 신나고 즐거우니까! 난 벌써 책에서 많은 것을 배우고 익힌 뒤였으니까.

새참과 옥이 할매

내 옴마의 제일 걱정은 역시 반찬이었다. 풋호박에 씨앗이 채 차오르기 전에, 정구지의 키가 한 뼘을 넘기 전에, 가지며 물외가 애기티만 벗어나면 모두 거둬들여서 뚝딱, 반찬으로 만들어냈다. 어쩌다가 엄마가 맘먹고 만들어주는 호박지짐, 부추전, 된장장떡은 맛났다.

우물 옆 마당 한 귀퉁이의 엉성한 아궁이에 작은 솥뚜껑을 뒤집어 엎고 연기가 새지 않게 바람막이를 하고 둘러앉았다. 거무튀튀한 밀가루에 방아잎과 부추를 듬성듬성 썰어 넣고 깐 바지락 한 줌을 섞어 버무린 반죽은 한버지기 넘치게 가득 찼다.

앞치마를 두른 옴마가 한 국자 널찍하게 펴 놓고, 애기가지로 살금살금 찍어 연지 곤지 바르듯 찍던 들기름 내음은 고소했다. 골목 너머 바닷물결까지 마당을 넘보게 할 만큼, 온 동네 사람들의 입에 침이 가득 고이게 할 만큼 기운이 넘쳤다.

남은 반죽에 된장 한 숟갈, 달걀 두엇을 풀고 고추를 다져 넣은 뒤 뜸들이는 밥솥에 쪄낸 된장장떡 맛은 지금도 나의 오감과 혀 끝을 자극한다.

손바닥으로 비벼 결을 삭힌 호박잎이랑 줄기의 표피를 벗겨낸 우엉잎을 삼베보자기를 깔고 밥 위에 얹어 쪄냈다. 그 야채 잎사귀 쌈에 끼얹어 먹던, 멸치 다져넣고 짜작하게 졸인 강된장의 그 맛을 어찌 잊으랴!

우리 옴마는 새참이 더 걱정이셨다. 밀, 보리타작과 모내기는 주로 품을 앗았다. 뻘논에서 허리를 구부려 심어야 하는 모내기는 각자가 맡은 구역 내에서 이동함이 유리했으므로 품앗이는 필수였다. 시꺼멓게 말린 보리밥을 할 수도, 넉넉하게 흰쌀밥을 앉힐 수도 없었던 옴마는 두불콩(한 해에 두 번 심어 거둠)을 넉넉히 넣은 고슬고슬한 콩밥을 지었다.

마당가에 동생들을 데리고 앉아 콩을 깠다. 현경이는 시키는 대로 가지런히 콩을 깠고, 동훈이는 꼬투리 실한 놈 몇만 골라서 까고는 호미를 들고 갯가로 달아났다.

할매한테 혼은 나겠지만 돌아올 때는 개(대합)조개랑 꼬막도 몇 마리 들고 왔으니 저마다 잘하거나 하고 싶은 취미도 다른 법!

삼베보를 씌운 새참을 이고 논둑길을 걸어갈 때 나는 막걸리 주전자를 들고 뒤따라갔다. 남정네들은 술이 고파 나를 더 기다리셨다.

술맛을 제대로 아는 옥이 할매는 술이 한 순배 돌아 할매 앞에 닿을 때까지 가쁜 숨을 몰아쉬셨다. 탁배기 잔을 기울이는 옥이 할매 얼굴은 만족감으로 차올랐다. 딱 한 잔뿐인 할매 몫이었지만, 할매는 그것만으로도 모내기의 하루를 견뎌낼 충분한 이유와 만족이 되셨다.

거제 · 통영을 거쳐 고성 막개까지 닿은 할매는 위안부였다느니, 한량영감의 애첩이었다느니, 제법 이름난 요정의 찬모였다느니, 소문이 무성했다. 그러나 옥이 할매는 입술을 꼭 다문 채 곰방대를 톡톡 치며 연기를 뿜어내는 것으로 모든 할 말을 대신하셨다.

나는 이제 옥이 할매를 이해할 나이가 되었다. 할매의 삶 저 너머를 헤아리고도 남을 그런 나이가 된 것이다. 어쩌면 소설 몇 권 분량으로도 모자랄 옥이 할매의 길고 긴 사연을 들어나 보았으면….

술 한 됫박 사 드리며 촉촉이 젖은 눈빛의 그 삶 '애쓰셨다', '그게 인생 아니시던가!', '다 괜찮다' 안아드리고 위로해 드렸으면….

모든 삶은 그 나름의 이유와 의미로 존귀하다. 어떤 삶도 비난

받거나 손가락질 받을 수 없다. 남에게 심각한 피해나 상처를 주지 않는 한, 자신만의 무늬와 색깔로 저마다의 삶을 살아가는 게 우리네 인생사다.

경남 고성군 동해면 막개에 가면 옥이 할매 집터에 찾아가서 막걸리 한 사발 부어드리고 싶다. 피붙이 하나 없이, 찾아와 주는 이 한 명 없이 마을 굼턱(외진 구석) 오두막에서 쓸쓸히 죽음을 맞이한, 어쩌면 일본군 위안부였을지도 모를 옥이 할매를 생각하면서 말이다.

할매 집터엔 개망초 흐드러지게 피었을 테지.

국수

　　여름 초입, 뻐꾹소리 요란한 초사흗날 우리 할매의 연륜이 먼저 날짜를 알아차렸다.

　"할매, 국수 빼러 가이시더~"

　"오이야, 이번 장날에 가야긋따!"

　할매는 장마가 오기 전 일찌감치 수확한 밀을 풍로에 맡기고 껍질을 한 꺼풀 벗겨내셨다. 그리고 대마로 엮은 자루에 한 말, 두 말 됫박으로 셈하여 주둥이를 단단히 묶어 놓으셨다. 배둔장에 가려면 배를 타야 했고, 그 배는 정해진 항로가 있는 도선이 아닌, 장날에만 뜨는 전셋배였다.

　장날의 방앗간은 만원이다. 더욱이 여름을 앞두고 처리해야 할 일이 많은 아낙네들은 고방을 샅샅이 뒤졌다. 작년에 수확하여 아껴둔 고추는 햇고추 나오기 전에 마저 빻고, 남은 잡곡들을 죄다 모아 찧고 말려둔 것들로 미숫가루를 빻아야 했고, 무더위를 이겨낼 양념을 위해 참기름을 짜고, 들깨를 개피 앗는 일은 이즈음 꼭 치루고 넘겨야 할 의무사항이었다. 이런저런 일로 방앗간은 붐볐다.

그렇게 바쁜 방앗간도 국수 손님은 함부로 내칠 수 없었다. 메뚜기도 한철이라는데, 국수 뽑아 일 년 사는 방앗간의 손익계산을 우리 할매가 모르실 리 없을 터. 할매는 배둔 장날 셈대로 국수를 뽑으셨다.

뭉툭한 기계에서 가닥가닥 머리카락처럼 뽑히는 국수 가닥을 걸어 빨랫줄에 늘어놓으셨다. '붉은 수수밭'이란 영화에서 염색한 비단 자락이 오뉴월 땡볕에 너울춤을 추듯이 국수 가닥은 빨랫줄에 옴팡지게 늘어졌다.

적당히 마르면 그 가닥을 한꺼번에 모아 알맞은 크기로 잘라 얇은 습자지를 두 겹으로 만 종잇단을 둘러싸면, 식구들 여름 식량으로 충분한 국수 다발이 만들어지곤 했다.

제대로 뽑힌 국수 다발을 머리에 이고 배둔장에서 한동안 걸어나와 당항포 뱃전에 서신 우리 할매는 의기양양하셨다. 당연히 그러셨으리. 아들 내외와 여섯 손주에 더해, 부산에서 달려올 외손주들 몫의 양식을 충분히 확보하셨으니.

그리하여 며느리에게 당당히, 살짝 마음 쓰이던 외손주의 먹성까지 부탁할 명분을 얻으셨으니….

가마솥에 물을 넉넉히 붓고 삶아낸 국수는 고소하고 맛났다. 다시 국물에 살짝 데쳐낸 부추 몇 가닥을 넣거나, 텃밭의 물외를 송송 채 썰어 넣거나, 풋호박을 볶아서 끼얹거나, 드물게 계란지단을 가지런히 놓거나, 그것도 아니면 우물물 한 바가지에 조선간장 주루룩 붓고 깨소금 한 숟갈에 신화당 살짝 푼 국물에 말기만 해도 너무 맛났던.

그 국수의 고명은 긴긴 여름날의 땡볕이었고, 허기진 70년대 초의 배고픈 시절이었고, 올망졸망한 어린아이들의 재잘대는 입이었고, 내 할매와 내 옴마의 정성이었으리.

그 시절, 내 옴마가 삶아주신 국수의 맛을 선명하게 기억하는 우리 고종사촌들은 그 은혜로움과 감사를 그들의 외숙모가 아닌, 외사촌 형제들에게 간간이 갚음하고 있다.

아! 여전히 인생은 오묘하고, 우리네 삶은 햇살 같은 공평함을 꿈꾸며, 국수 가락처럼 길고도 질기게 이어지고 있으리.

5장

—

아이들

봄볕을 등에 업은 땅꼬마들

삘기(피비)들이 봄의 안테나처럼 뾰족뾰족 솟았다. 아이들은 고 작고 여린 풀들을 찾아 산면당까지 올랐다.

더러는 청미래덩쿨을 못 보고 휘젓다가 가시에 긁혀 피가 났다.

누군가는 끌티(삭정이)에 걸려 뒤로 자빠지기도 했다. 그래도 아프단 소리 없이 언덕을 오르내리며 대궁이 부드럽고 순한 삘기들을 한 줌씩 뽑아 들었다.

그런 소일거리에 서툰 나와 상선이는 묏등 옆에 오도카니 앉아서 아이들이 삘기를 몇 개씩 나눠줄 때를 기다리며 쑥잎을 뜯었다.

상선이와 내 손톱 밑은 새파랗게 풀물이 돌았다. 고학년 오빠들은 소나무의 속껍질인 송기를 벗겨 먹거나 찔레순을 꺾어 먹기도 했지만 1학년 땅꼬마들에게는 아직 무리였다.

우리는 삘기 껍질을 차곡차곡 벗겨낸 뒤 연한 속잎을 입에 넣었다. 달착지근한 물이 나왔다.

조금 센 삘기는 몇 개를 모아 껌을 만들어 한참을 씹었다.

십 리 먼 길을 걸어오는 동안 삘기껌은 가루가 되었고, 자갈돌은 아이들을 마중하듯 끊임없이 밟혔다.

범바위골을 지나 적개, 정희네 가게에는 신발이 즐비하게 늘어서서 볕을 맞고 있었다. 마당에는 늙은 서어나무 한 그루가 니은(ㄴ)자 모양으로 자라고 있었는데 제법 나이가 들어 보였다.

잔망스런 아이들은 서어나무에 기어올라 가지를 붙들고 손그네를 탔다. 나무에 집 지은 거미와 개미들을 붙들고 내려와 손바닥에 얹고 빙빙 돌리거나 패대기를 치며 개구쟁이짓에 시간을 쟁여갔다.

잡화상 가게에는 온갖 생필품들이 흙먼지를 뒤집어쓰고 얌전히 앉아 있었다. 사지도 못할 물건들을 차례로 훑으며 아이들은 마음을 다스렸다. 신발은 추석 때까지 더 신어야 하고 눈깔사탕은 입에 고이는 침을 꼴깍 삼키며 눈으로만 먹고 또 먹었다.

전도까지 걸어오면 팽나무숲이 있었다.

오래된 나무들은 두어 명의 아이들이 아름 안아도 남을 만치 밑동이 굵었다.

팽나무 어린 순들이 처음 돋을 때는 새의 혓바닥처럼 여리고 야들야들한 연둣빛이었다가 하루가 다르게 푸르러갔다. 여자아이들은 팽나무 그늘에 진을 치고 공기놀이를 시작했다.

윗땀, 아랫땀, 막개, 큰막개 아이들이 돌아가며 가지고 놀았던 공깃돌은 닳아서 반질거렸다.

잔뜩 늘어놓고 못돌을 공중으로 던져 떠 있는 동안 바닥의 돌을 두세 개씩 집어 한 손에 합치는 놀이였다. 손동작이 빠른 아이들은 마당의 돌을 한꺼번에 다 차지하기도 했다. 손까시래기가 일고 손톱에 피가 뭉치도록 공깃돌을 당겨왔다.

머스마들은 올챙이를 잡거나 가재를 잡느라 바짓단을 둥둥 걷어 올리고 개울가로 달려갔다. 바윗돌 틈 흙구덩에 아직 겨울잠에 빠진 뱀들이 똬리를 틀고 있었는데 기다란 꼬챙이로 뱀들의 잠을 깨웠다. 느릿느릿하게 움직이는 뱀들의 꼬리를 잡고 휘휘 돌리며 공깃돌 놀이터에 던져 판을 깼다.

여자아이들은 머스마들을 향해 도다리처럼 눈을 흘기거나 소리를 질렀다. 그 시절, 뱀들은 뱀꾼들의 망태 속에서 어딘가로 실려 갔고 아이들의 장난질로 가족을 잃었다.

그래도 뱀들은 쉴 새 없이 알을 낳고, 새끼를 치고, 개체 수를 불렸다. 길섶엔 수시로 뱀이 나타났다.

머스마들은 뱀 따위를 무서워하지 않을 만치 간이 커졌고, 껍질을 벗겨낼 만치 용감해졌다. 길가에는 민들레가 샛노란 꽃을 피워 올렸고 제비꽃도 뒤따라와서 동무가 되었다. 그들은 1학년 땅꼬마인 우리들을 닮아있었다. 그래서 더욱 친근했고 눈에 잘 띄었는지도 몰랐다.

봄날 오후의 볕은 아이들 등에 따끈따끈 업혔다. 아이들은 봄볕을 가득 데리고 이마엔 땀방울을 매달고 전도고개를 넘었다.

배고프고, 목마르고, 다리가 아팠다.

다리가 짧은 1학년 땅꼬마들의 십 리 길은 멀고도 길었다.

고무줄과 오자미놀이

아직도 솜털이 보송보송한 1학년 여학생들은 제비들처럼 재재거리며 몰려다니곤 했다. 벚나무 아래서 돌공기를 하거나, 운동장 구석에 모여 고무줄뛰기와 오자미놀이를 하면서도 치마 아래 드러나는 속팬티를 부끄러워하지도 않는 애기들이었다.

하지만 나는 곧 그런 놀이가 시시해졌다. 넘어야 하는 고무줄의 높이는 자꾸 올라갔지만 내 짧은 다리는 여전히 그 자리에 있었다. 또한 폴짝거릴 때 드러나는 속옷이 부끄러워지기 시작했다. 나는 또래에 비해 조숙하거나 여학생의 자세에 대하여 입이 마르도록 가르치신 할머니의 밥상머리 교육을 받아들이기 시작했던 모양이다.

그러나 나를 고무줄뛰기에서 완전히 멀어지게 한 결정적인 사건은 따로 있었다. 할매 말씀이 아무리 매서워도 1학년 아이가 그를 온전히 받아들이긴 어려운 법이다.

어떤 무리에서건 유독 개구쟁이가 있기 마련인데 우리 반에도 그런 머스마가 있었다. 그 아이는 유독 내가 고무줄뛰기를 할 때마다 달려와서 확~ 걷어가곤 했는데, 어느 날 검은 고무줄을 묶은 이음새가 터지면서 내 허벅지에 피멍이 생겼다.

살갗이 부어올랐고 지렁이가 지나간 것처럼 시뻘건 줄이 생겼다. 아픔과 수치심으로 온몸에 경련이 일었다. 그 뒤부터 나는 고무줄놀이 근처에는 얼씬도 하지 않았다.

나중에 안 사실이지만, 남학생들은 마음에 드는 여학생이 있으면 다가가서 좋은 말로 고백을 하는 것이 아니라 해코지를 통해 속마음을 드러냈다. (칠칠치 못한 짜쓱들~) 나는 그 머스마의 마음을 미처 읽지 못했다.

고학년이 되면서도 몇몇 선배나 또래 남학생들이 그런 종류의 관심을 표현했지만 결코 아는 체 하지 않았다. 속짐작은 했지만, 그런 어리숙한 방법으로 상대의 마음을 얻으려는 유치함이라니. 순진한 시골뜨기의 진심이었어도 나는 아직 국민학교 여학생이었다. 그래도 오자미놀이엔 동참했다.

사실 놀이보다 오자미 만드는 것이 더 재밌었기 때문이다. 집에서 옷을 깁거나 이불을 꿰매고 남은 자투리 천은 재봉틀 옆 반짇고리에 담아두었다. 나는 그중에 알록달록하고 예쁜 천을 골라 이웃집 순이 언니한테 갔다.

언니는 천을 맞대어 바느질을 촘촘히 여민 뒤에 조그만 주머니를 만들어 주었다. 그걸 작은 구멍만 남기고 뒤집으면 실밥은 안으로 숨어버리고 둥글고 길쭉한 모양이 되었다.

언니는 그 타원형 주머니 속에 콩이나 팥, 왕겨나 보리쌀을 넣어주었다. 나는 그중에 콩을 제일 선호했다. 콩은 다른 어떤 내용물보다 정확하게 멀리 나갔고 상대편 몸에 잘 맞았다. 나는 자주 엄마의 반짇고리를 뒤졌고 오자미 만들기에 빠졌다.

친구들도 내가 가지고 간 오자미를 좋아했다. 손끝이 야문 순이 언니의 정성이 오자미 한땀한땀에 깃들어 있었기 때문이다.

'언니는 지금 어디에 살고 있을까?'

'이젠 할매가 되었을까?'

'우연히 마주치면 서로 얼굴은 알아볼까?'

만나볼 도리가 없지만 나는 이렇게 말하고 싶다.

"언니가 만드신 오자미 최고였어요. 완전 짱!"

※ 오재미: 오자미의 비표준어

아까징끼는 만병통치약?

배병* 선생님은 운동을 잘하던 총각이셨는데 아이들에게 엄하기로 소문난 분이셨다.

조회 시간에 우리가 줄을 서 있으면 박력있는 목소리로 크게 뇌셨다.

"눈동자 굴러가는 소리가 자갈밭에 바퀴 지나가듯 데굴거린다. 정면을 향하여 주시!"

"이 짜석들, 매 타작을 해야 정신을 차리겠나?"

지금도 아이들을 체벌하거나 욕하는 선생님도 계신다지만, 그 시절 선생님들은 아이들에게 절대 권력자셨다. 벌을 심하게 세우거나 서로 뺨을 때리게 하는 등의 가혹한 일정을 시간표 속에 적어두신 분들도 계셨다.

담임 선생님이 출장을 가신 어느 날, 우리는 운동장에 모여 피구를 하고 있었다.

상대방의 공에 맞아 죽은(아웃) 아이는 놀이에서 빠져 한 경기가 끝나길 기다리는 중이었다. 그 사이를 못 참고 개구쟁이 짓으로 모두에게 눈도장 찍힌 아이가 나란히 붙은 3개의 철봉 중에서 제일 높은 철봉까지 올라갔다가 툭 떨어지면서 돌팍(돌멩이)에 박(머리)이 터졌다.

배병* 선생님은 입고 계신 난닝구(런닝)를 쭈욱 찢어 피를 철철 흘리는 그 아이의 머리를 싸맸다. 누군가는 된장을 발라야 한다고 소리를 질렀고, 법동에 사시는 김 의사를 모시러 가자, 박이 터졌으니 이젠 죽을 거다, 안다이(아는 체) 몇은 저마다 한 마디씩 보태며 울먹였다.

교무실로 안겨 간 그 아이는 곧 우리 모두의 걱정을 무시하고 씩씩하게 나타났다. 아이의 머리통은 온통 아까징끼로 염색되어 있었다. 상처 부위에 집중적으로 뿌려진 하얀색 가루약은 눈에 띄지도 않았다.

그 시점부터 아이들 기억 속에서 모든 상처는 아까징끼로 나을 수 있다는 밀약이 생겨났나 보다.

아이들은 회충 때문에 배가 아플 때도 아까징끼를 발랐다. 두통이나 감기에 걸렸을 때도 아까징끼를 발라주면 씻은 듯이 나았다.

개구쟁이 내 짝은 아프지 않아도 가끔 아까징끼를 양 손등에 발랐다.

　어떤 날은 땟국물이 흐르는 배꼽에도 아까징끼를 발랐다고 보
여주었다.

　나는 이미 알고 있었다.
　일본말로 아까는 빨강이며, 징끼는 소독약이라는 것을 할머니
께 배웠지만 내색하지 않았다.
　짝지의 자랑질이 속으로는 무척 우스웠지만 태연히 받아주었
다. 내가 짧은 다리로 고무줄뛰기에서 밀려난 것이나 짝지가 뭣
모르고 아까징끼를 자랑하는 것은 결국 도찐개찐(도긴개긴)이 아
닌가.

찔레꽃

하얀꽃 찔레꽃 순박한 꽃 찔레꽃
별처럼 슬픈 찔레꽃 달처럼 서러운 찔레꽃
찔레꽃 향기는 너무 슬퍼요
그래서 울었지 목놓아 울었지
그래서 울었지 밤새워 울었지

장사익의 찔레꽃을 듣는다.
애닯다. 듣기만 해도 눈물이 돈다.

앞산 우리 밭둑에는 찔레꽃이 유난히 많았다. 봄엔 하얀 찔레
꽃, 가을엔 빨갛게 열매가 익어 까치밥이라 불렀다. 때까치들이
타원형의 고 조그만 열매들을 입 안 가득 따먹거나 장난질 치는
것을 보며 내 어린 날은 관찰을 통해 자연을 배우고 익혔다.
따스한 봄날, 밭둑의 실한 고사리들은 꼭 찔레 덤불 속에 숨어

서 솟았다. 찔레가시에 긁히거나 찔릴 각오를 하지 않으면 덤불 속의 고사리를 꺾어올 수 없었다.

찔레꽃의 꽃말은 '고독'이다. '신중한 사랑', '가족에 대한 그리움' 등의 뜻도 있다. 그 꽃말이 지닌 무게가 애잔하다.

찔레꽃은 계곡이나 언덕기슭에 주로 핀다. 예전에 그런 곳에는 꼭 '애기무덤'이 있었다. 약도 귀하고 병원도 없던 시절, 갓 태어난 아기들은 종종 가족의 곁을 떠났다.

콜레라, 장티푸스, 이질, 설사병, 천연두, 폐렴, 소아마비 등의 병은 지금의 의학으로는 아무 문제가 없었을 터인데 말이다. 그렇게 떠난 갓난쟁이들을 독에 넣고 묻었다는데 그 장소가 주로 산기슭이거나 계곡이었다.

찔레꽃은 이별을 증거하듯, 주검을 슬퍼하듯 애기무덤 위를 수북이 덮어주었다. 그러고 보면 고독이란 꽃말과 가시를 촘촘히 달고 여린 꽃대를 피워 올린 꽃 모양과 빠알갛게 익어가던 열매며 그 열매가 배고픈 새들에게 먹이가 되는 과정까지 모두가 존재의 의미를 고스란히 지닌 채 찔레꽃의 생애를 증거한다.

어찌 애닮지 않으랴! 그러나 품이 넓고 한량없던 찔레꽃은 아이들을 위한 특별한 메뉴를 따로 챙겨두고 있었다.

어린 날, 십 리 길을 오가던 아이들은 찔레순을 꺾어 먹었다.

연둣빛으로 연하게 자란 순을 껍질째 씹어 먹거나 몸피를 벗겨 잘근잘근 씹어보면 찔레 향이 입 안 가득 봇물처럼 밀려왔다.

여린 순은 가시의 위협도 아픔도 없었다. 오직 진한 향기와 쌉싸레하고 달착지근한 맛으로 침샘을 가동시켰다. 그 찔레 향이 열린 침샘을 타고 발끝까지 관통하면서 온몸을 간질이는 동안 아이들은 돌밭 십 리 길을 나는 듯이 달렸으리라.

그 향에 취해, 그 맛에 동해, 시간의 물레를 돌리고 또 돌렸으리라.

찔레꽃 노래가 아직도 흐른다. 내 의식을 가야금 금줄처럼 타고, 내 기억을 더듬어 흘러간다.

내 어린 날, 그토록 원하고 소망하던 언니는 어떤 단지 안에서 찔레꽃이 환히 피던 산기슭 애기무덤에 묻혔을까?

갓 태어난 큰딸을 잃었던 아픔을, 갓난쟁이와의 슬펐던 이별을 우리 옴마 막개 연남씨는 아직도 기억하고 계실까?

멱 감는 아이들

　　마을 어귀에서 집으로 오는 골목 왼편은 바다였고, 오른쪽은 할배의 멸치 어장막이었다. 쭈욱 걸어오면 목섬(만조 때면 물에 잠겨 섬이 되었기에 붙은 지명)으로 불리는 골목이 있었고, 오른쪽은 바다였다.

　유년의 내 삶은 바다와 물길, 오솔길과 산길, 골목과 갯가로 연결된 통로, 끝없이 이어진 길 위에 있었다. 우리 집 앞에도 동네 앞에도 선착장이 있었다. 그 선착장은 배들이 닿는, 배의 집만이 아니었다.

　학교에서 돌아온 아이들은 선창에 모여들었다. 멸치 어장막의 호래기 몇 마리를 뱃속에 담고는 윗도리를 홀라당 벗어젖히고는 하나, 둘 호령소리 요란하게 물속으로 뛰어들었다.

　누가 더 멀리, 빨리 헤엄쳐 가는지, 자맥질로 더 오래 숨을 참는지, 높은 곳에서 뛰어내리는지, 매번 하는 놀이였다.

머스마들은 물에 잔뜩 젖어 쪼그라든 풋고추를 달랑대며, 반달 같은 엉덩이를 치켜들고 쉬지 않고 퐁당거렸다. 무자맥질에 지친 아이들은 바닷속으로 내려가 바닷말(몰: 고성 방언)을 뽑아와 뿌리의 얇은 표피를 빨아먹었다.

갈대처럼 생긴 바닷말(수초)은 길고 부드러운 뿌리를 뻘밭에 박은 채 물결 따라 출렁였다. 그 모습이 여자의 풀어헤친 머릿결처럼 보일 때도 있었으므로, 방심하다가는 수초 사이에 발이 빠져 혼비백산했다.

수초 속에는 해삼이며 미더덕도 숨어 있었다. 손과 발이 재빠른 아이들은 그들을 찾아내 혁혁한 전과를 자랑하며 친구들과 나눠먹었다. 간간짭조름한 바닷물에서 건져낸 해산물들은 소금기를 잔뜩 머금고 있었고, 그런 날 저녁이면 아이들은 한 바가지의 맹물로도 해결하지 못하는 갈증에 시달리곤 했다.

여름 내내 바닷물에 뛰어든 아이들의 등껍질은 이미 몇 차례나 벗겨져서 딱지가 앉았다. 드러난 목이며 얼굴이며 손발은 까마귀가 친구 트자할 만큼 새깜둥이가 되었고, 옷을 입으면 살갗에 닿는 광목천의 따가움으로 머스마들은 윗도리를 벗어젖힌 채 맨몸으로 다녔다.

그렇게 산으로, 들로, 바다로 쏘다니던 아이들의 여름은 길면서도 잠깐이었다. 낼모레 개학이 다가오면 선생님이 내 준 방학 숙제가 맷돌처럼 가슴을 짓눌렀다. 숙제며 물놀이 주의사항이며 생활계획표 따위가 적힌 누런색 종이들은 진작에 어느 구석에 처박혔는지 잊혀진지 오래되었다.

그나마 마을의 범생이를 찾아가 몇 가지 협상(책 보따리 들어주기, 소꼴 베어주기, 아이스케키 사주기, 제기나 연 만들어주기 등)을 정한 뒤에 숙제를 베끼거나 몽당 크레파스로 어설픈 그림을 도화지에 그려댔다.

일기장에는 단 두세 줄의 문장이 적힌 채 아이들의 침 묻은 연필 자국만 길었다.

'아침에 일어나서 밥을 먹었다. 맛있었다. 놀다가 집에 와서 잠을 잤다.'

'친구가 놀자고 했다. 소꼴을 베 놓고 실컷 놀았다. 재미있었다.'

'옴마가 하드를 사줬다. 자꾸자꾸 먹고 싶다. 내일도 또 먹으면 좋겠다.'

'일기가 밀렸다. 뭐했는지 잘 모르겠다. 다음엔 안 미루고 꼭 쓰고 자야지!'

아이들은 이런 문장을 돌아가며 써냈다. 꼭 같은 일기들이 수두룩했다. 그래도 선생님은 웃어주셨다. 다 알고 계셨으니까! 선생님들도 어릴 때 그리하셨을 테니까!

봉숭아 꽃물

      고향집 동네어귀엔 수길이 오빠네와 강형식 친구 집이 등을 맞대 있었고, 그 이웃의 낡은 초가집엔 옥이 할매가 사셨다.

    곰방대에 담뱃불을 붙여 톡톡 두드리시던 옥이 할매한테는 아릿한 연초 내음이 해거름녘의 이내처럼 꼬물거렸다. 어질머리 앓게 작열하던 해님이 살짝 비껴앉은 자리, 이마를 짚듯이 떠 있던 낮달을 올려다보던 나는 골목을 뚫어져라 쳐다보곤 했다.

    자그마한 타작마당을 지나 돌담 너머 풍개나무가 대문을 지키던 우리 집엔 해피란 이름의 강아지가 천방지축 뛰어다녔다.

    나는 언니를 기다리는 중이었다. 형식이한테는 두 명의 누이가 있었다. 순이란 이름의 큰언니는 깔끔하고 야무진 처녀였다. 긴 머리를 총총 땋아 빨간 갑사댕기를 두르고, 물동이를 인 채 해안선 맞닿은 너른마당을 건너오던 언니의 발걸음은 날아갈 듯 가벼웠다. 그럴 때 언니는 우물에서부터 박바가지를 동동 띄웠지만 무겁게 출렁이는 물동이를 머리에 인 게 아니라 늦여름의 햇살을 한가득 담아오는 것 같았다.

언니의 물동이 나르기가 세 번째 이어질 때까지 나는 머스마들과 너른마당에서 건성으로 비석치기를 하며 곁눈질에 열중했다. 언니가 얼른 잡다한 집안일을 끝나고 내 이름을 불러줄 때까지.

형식이네 마루는 눈부시게 잘 닦여 있었다. 언니가 늘상 반질반질하게 걸레질을 해 두었기 때문이다. 나는 언니가 참 좋았다.

"갱아, 학교 갔다 왔나? 더우면 물 한 바가지 마시라모!"

살폿한 언니의 웃음 뒤 끝에 드러나던 덧니가 얼마나 눈부시던지….

언니는 여름 끝물 꽃밭의 흰봉숭아 꽃잎을 찧어 손톱에 듬뿍 얹고는 실을 칭칭 묶어주었다. 손톱에 반달로 뜨는 봉숭아꽃물이 눈썹달이 되고 첫눈이 올 때까지 남아 있으면 첫사랑이 이루어진다며 수줍게 웃었다. 언니에게도 첫사랑이 있다는 사실은 그땐 미처 몰랐지만~

그런 날 저녁, 마당의 덕석(멍석)에 앉아 올려다보던 하늘에는 별이 가득했다. 언니는 그 은하수 너머, 그 미리내 건너를 상상하며 내게 노래를 불러주셨으리.

"… 돛대도 아니 달고 삿대도 없이 가기도 잘도 간다 서쪽 나라로~"

내 손을 가만히 쳐다본다. 잔주름이 자글자글하다. 손바닥의 주름은 더욱 선명하다. 이 손으로 얼마나 많은 노동을, 생존을 위한 생산을, 글쓰기를, 만들고 빚기를, 거짓을 행했을지 모르겠다. 이 모든 주름은 내 삶의 나날을 생생히 기록하고 저장한 증거다.

내 생은 목섬 골목의 그 유년에서, 도시의 이곳저곳을 거쳐, 구슬마을 서어나무 앞 골목의 아이들이 오래전에 그려둔 벽화가 흐릿한 집에 머물고 있다.

팔월 하순의 청명한 아침, 산까치 울음 요란하고 풀벌레소리 자지러진다. 볕은 유순하고 집안은 고요하다. 큰아이는 평발을 내밀지도 담마진을 판정받으려 애쓰지 않은 채 훈련소에 입소했고, 작은아이는 고2의 감옥에서 열공 중이다. 시어머님은 고추 따려 텃밭에 엎드리셨고, 남편은 새벽에 일터로 나갔다. 나는 시조부님의 제사 장을 보려고 물목을 정리한다.

주말쯤엔 나도 봉숭아 꽃물을 들여 볼까? 문득 순이 언니가 그립다.

소 몰고 산으로, 다시 50년 뒤에

류만순 할매는 내가 음전하게 자라기를 희망하셨기에 어렸을 때부터 항상 끼고 도셨다. 천방지축 뛰노는 것을 못마땅해 하셨고 말과 행동거지에 각별한 제약을 붙이셨다.

몇 가지 금기 사항이 있었는데 '소몰기'도 그중 하나였다.

온 동네 아이들이 저마다 자기 집의 소를 몰고 이른 아침 먼당 산으로 길을 떠났다.

새벽녘의 길섶 이슬은 헐거워진 고무신에 쏟아져 미끄러웠고 학교에 늦을까 봐 마음 졸이느라 다들 바빴다.

소 고삐를 뿔에 잘 걸어서 묶은 뒤 안전한 산등성이, 소들끼리 풀 뜯기에 용이한 곳까지 데려다 놓고 집에 와서 밥 한술 먹은 뒤에 학교로 달음질쳐야 했다.

새벽 소몰이 길을 나선 경험이 없던 나는 친구들이 학교 마치고 소를 몰러 가는 것이 부러웠다.

호시탐탐 기회를 엿보던 중 할매가 먼 친척 집에 다니러 가신 일주일 동안, 교실에 남아 선생님을 돕는다는 핑계로 옴마를 속이고 친구들을 따라 산으로 올라갔다.

내가 미리 귀띔을 해 놓았으므로 또래들은 저마다 주전부리가 될 만한 것들을 챙겨 왔다. 소들이 안전한지 먼저 살핀 뒤, 평평한 묏등에 모여 주머니를 뒤지거나 보따리를 풀었다.

눈치가 재빠른 양구는 쌀 한 줌과 달걀을, 기만이는 고매(고구마)를, 춘호는 콩을, 미숙이는 거무튀튀한 보리개떡을 내놓았다.

어득(언덕) 밑에 숨겨둔 네모난 양철판을 꺼내 돌멩이를 쌓아 아궁이를 만들었고 불을 붙였다. (지금 생각하면 얼마나 위험천만한 장난인지!)

고구마를 잘라서 굽고, 콩을 볶고, 남은 불기운으로 달걀 안에 쌀 몇 톨을 넣은 밥을 했다. 모처럼 소몰이 따라간 나에게 동무들이 해 준 그 밥, 나는 벗들의 우정과 그 고소한 맛을 잊을 수가 없다.

구슬치기 박사이던 철구는 전리품을 줌치에 넣어 또로롱또로롱 구슬 부딪는 소리를 즐겼고, 팔심이 센 점호는 내려칠 때마다 딱지를 뒤집었다. 개구리 뒷다리를 굽겠다며 호언장담하던 효성이가 몇 마리나 잡았는지 나는 아직도 모르고 있다.

가져간 비료포대로 묏등에서 미끄럼을 타고, 저수지 둑방에서 처녀귀신 괴담을 듣고, 풀섶에 기어가는 물뱀에게 돌을 던지며 신이 났다.

소들은 여름 내내 풀을 뜯을 것이고, 한시도 가만히 앉아서 놀지 못하는 아부지들은 논둑과 밭둑에서 베어낸 풀을 바지게(꼴망태)에 가득 지고 마굿간에 넉넉히 부려 두었을 터이므로.

어느 날 밤, 동네에 사달이 났다. 홍이네 마굿간에 어미 소가 안 돌아온 거였다. 동네 장정 몇몇이 횃불을 들고 산으로 올라갔고, 놀란 소는 묏등 소나무 아래에 얌전히 앉아 있었단다.

물론 홍이는 지 옴마한테 야단을 세제곱으로 맞고 집에서 쫓겨나와 우리 집 아랫방에서 잠들었다.

그날 홍이가 소몰이 대신 어디에서 뭘 했는지, 누구한테 제집 소를 데려와 달란 부탁을 했는지, 아직도 비밀로 남았다.

광려천을 달리다 보면 풀밭에 눈길이 자주 간다.

억새와 삐비(띠풀)와 쇠뜨기가 천지삐가리로 돋았다.

5월 초순이면 띠는 세서 꽃을 피우고, 억새는 연한 속살을 돋우며 초록이 짙어가고, 쇠뜨기는 연갈색의 포자낭을 키우고, 포자번식이 끝난 후 자란 영양 줄기는 대지의 머리칼을 풀어헤친

듯 풍성하다.

‘저 천변에 소를 놓아 기르면 몇 마리쯤 키우랴?’ 나는 머리를
짜내며 궁리에 들어간다.

불법을 고발한다고 카메라를 들이대는 사람이 천 명.

재밌는 볼거리가 있다며 몰려나올 구경꾼이 백 명.

문제가 불거지기 전에 해결하려 나선 공무원이 열 명.

특종감이라고 쏜살같이 달려올 기자나으리가 한 명.

두고두고 이야깃감으로 되뇔 주민이 만 명.

그런 일 저런 일 따위야 나와 상관없다는 내서읍민이 7만 명.

나는 그중에 소를 키우는 목동이 되고 싶다.

저 싱싱하고 야들야들하고 맛난 풀을 소에게 뜯기고 싶다.

키를 쓴 오줌싸개

이경희 어르신댁 대문을 열었다. 마당에 잔디가 새파랗다. 가장자리를 따라 온갖 나무들이 소풍을 와 있구나.

주렁주렁 달린 감나무, 잎이 말라가는 자귀나무, 제 몫을 단단히 품는 단풍나무, 막 향이 번지기 시작하는 은목서 호랑발톱나무, 남천 자두며 앵두에 귤까지 몇 개 달렸고, 철쭉에 어라! 주목도 있네.

그 사이사이 맨드라미는 붉디붉다. 잎들이 물기를 잃어가는 중이라 그 선홍이 더욱 도드라진다.

키에 팥을 담아 널어두셨다. 저기에 널면 난중 걷어 담기에 좋다. 한쪽으로 몰아서 쭈루룩 붓기만 하면 될 터. 저만큼 멋진 멍석 대용품이 있을라나?

어린 날, 나는 자주 꿈을 꿨다. 빗자루를 등에 꽂은 도깨비에게도 몽달, 처녀귀신에게도 자주 쫓겼다.

어장막 황구도 꿈에서는 나를 괴롭혔다. 나는 뛰고 또 뛰다가 오줌을 지렸다.

겨울밤, 아랫목은 뜨끈했다. 눈꺼풀에는 잠이 주렴처럼 내리고 온몸은 맷돌을 눌린 듯 무거웠다. 방문 앞 칼바람은 사대천왕처럼 버티고 있었다. 가야지, 일어나 요강을 찾아야지. 그렇게 참고 또 참다가 오줌을 지렸다.

아홉 식구에 어장막 일꾼 다섯의 아침을 하려고 종종걸음을 치는 엄마 눈에 띈 얌체!

눈이 왕사탕만 해지셨다.

광으로 달려가는 발걸음이 100미터 선수다. 나래비로 걸린 키 중에서 젤 큰 걸 고르셨다.

"형식이 집에 가서 소금 얻어 온나!"

"우리 집에 소금이 다 떨어졌어예?"

"두말 말고 퍼뜩 갔다 온나!"

"키에 우찌 소금을 담아 옵미꺼예?"

"니 퍼뜩 안 갈끼가? 맞아야 정신을 차릴끼가?"

드디어 알아차렸다.

'부끄러움을 뒤집어쓰고 옆집에 가면 식이 옴마가 주걱으로 뺨을 한 대! 오호, 안 될 말이지.'

나는 증조할매 치맛폭으로 숨어들었다. 집이 떠나갈 듯 울어 젖혔다.

"아침 댓바람부터 아아를 왜 울리노!"

증조할매의 추상같은 한 마디면 게임 끝.

나는 그 뒤에도 두 번 더 실수를 했다.

한 번은 요에 물을 쏟아부어서 척 넘겼고, 한 번은 내 여동생에게 책임을 떠넘겼다. (동생은 너무 어려 키를 씌울 수 없음.)

식이가 키를 쓰고 내 집에 온 결과를 보고난 뒤 나는 더욱 조숙한 아이가 되었다.

어떤 실수에는 분명 응징이 따른다는 것.

응징은 엄청 부끄럽고 소문이 난다는 것.

내 자존감은 내가 지켜야 한다는 것.

부모님 말씀도 때론 거역해야 한다는 것.

어른들 행동도 죄다 현명하진 않다는 것.

키는 내게 교훈을 주었지만 기피해야 하는 물건, 트라우마가 되었다. 그 시절 어른들은 왜 그랬을까?

팥쥐엄마보다 뺑덕어미보다 심한 짓을 자식의 인격을 왜 그렇게 짓밟으며 별것 아닌 버릇을 고치려 하셨을까?

자존심과 자존감과 자긍심을 송두리째 무너뜨리는…

아, 나는 저 키가 너무 싫었다. 내 작은 키는 더욱 싫었다.

그러나 오늘 만나는 저 키는 정겹다. 곡식을 말리고 검불을 덜어내고 소쿠리 구실에 삼태기 노릇에 얼마나 하는 일이 많았을까.

내 어린 시절의 추억을 고스란히 담고 광에 갇혀 지내느라 낡아빠져 이제 온몸은 누더기가 되어 덕지덕지 기운 몸으로 가을볕을 담고 있구나.

잠자리와 화투점

저수지 위에 고추잠자리가 날고 있다. 정확히 말하면 저수지 둑 주위라고 말해야겠다. 이리저리 횡으로 종으로 날다가 지치면 쉬어야겠기에 잠자리는 그 큰 눈으로 자신이 앉을 자리를 미리 찾아놓고는 맘 편히 날아다니는 것이다.

자세히 보면 잠자리 날개 속에는 실금이 가득하다. 그 속에 든 모형이 하도 여럿이라 그 날개 하나만 살펴도 수학 공부 몇 시간, 과학 공부를 따로 해야겠다.

저 날갯짓으로 또 글은 얼마나 써낼 수 있으랴. 잠자리의 날개 속 무늬는 햇살 속에 아른거린다.

세상살이가 저 그물코처럼 연결되어 나로부터 너에게로, 우리에게로 이어지고 있다. 그 인연의 셈법이 문득 눈에 보이기 시작하면, 내 발밑이 내려다보인다.

거기, 나이를 먹을 만큼 먹은 한 사람의 익숙한 발걸음과 닮은 운동화의 발바닥까지 다 보인다.

어린 날, 나는 싸리비를 들고 잠자리를 쫓아다녔다. 싸리비는 나뭇가지 사이로 적당한 공간이 있었으므로 어쩌다 잠자리가 걸려도 날개가 크게 찢어지지 않아 좋았다.

잠자리들은 짝을 지어 날거나 지붕 위로도, 바다 위로도 날아다녔다. 나는 잠자리를 쫓느라 하늘을 마구 휘저으며 무슨 생각을 했던가.

그때는 과학적인 상식이 없던 시절이라 하늘이 넓은지 끝이 없는지 아무것도 몰랐다. 우주라는 개념 자체도 어쩌면 그 낱말도 모르고 살던 때였다. 다만, 자유롭게 날아다니는 잠자리에 대한 부러움과 저렇게 얇은 몸피로 삶을 이어가는 날곤충에 대한 관심만 있었을 뿐이다.

그렇게 잡은 잠자리를 곤충채집용으로 보관했는지, 밀짚으로 엮은 곤충집에 가뒀는지는 기억이 흐릿하다. 아마 인간의 뇌는 편집 기능이 뛰어나므로 자신에게 불리하거나 애매한 일은 지워내는 모양이다.

어린 날, 친구에게 상처를 주거나 아프게 한 일도 상당했으련만 그런 기억들은 지워진 채 내 뇌리에 남아 있지도 않은 걸 보면.

시간이 순차적으로 흐른다고 생각하는 건 우리 뇌의 메커니즘이 그렇게 작동하기 때문이란다.

우리 집은 디귿자 구조였다.

안채에 큰방과 작은방 앞에 마루가 있었고, 옆으로는 정지와 작은 부엌방이 딸려있었다. 부엌 앞에는 커다란 장독간이, 아래채에도 방이 하나 있었고, 그 옆은 광이었다.

온갖 잡다한 것들이 광속에 있었는데 소금 가마니에서 항상 염분이 빠져나와 눅눅하고 짭조름한 맛이 공기방울처럼 둥둥 떠다녔다. 광 한쪽에는 짚으로 만든 소쿠리며 멍석이 여럿 세로로 섰고, 대나무 소쿠리들이 벽에 나란히 걸려 있었다.

나는 앞집의 형식이와 양구, 뒷집의 상선이와 어울려 광에 들어가 작은 멍석을 꺼내왔다. 부피가 있다 보니 가운데가 둥근 통처럼 공간이 생겼는데 거기로 손을 집어넣고 손목의 힘으로 옮기는 것이 관건이었다.

인내심이 강한 양구는 끝까지 멍석을 들고 있었지만, 꾀보에 엄살이 심한 형식이는 자주 멍석을 놓아버려 발등을 찍었다.

우리는 해질녘에 멍석을 깔고는 모여서 숙제도 하고, 양구가 연필을 자주 혓바닥에 얹어 침을 묻히는 바람에 공책 바닥이 너덜너덜하게 젖어서 찢어지는 것을 보며 깔깔대기도 했다.

가끔은 몰래 숨겨온 화투를 꺼내어 맞추기 놀이도 했는데, 그게 얼마나 재미있던지 눈을 반짝이며 부지런히 짝을 찾아내기도 했다.

목단을 김지미(언니, 미안해요) 궁디라고 애칭했고, 저마다 부치는 사연이 몇 줄 있었다.

-꽃은 이삔데 난초는 씰 데가 없단 말이지.

-돼지가 몇 마린고, 고성장에 나가보란 말인가.

-하마, 벌써 단풍이 풍년이구마.

-국화가 피니 향이 넘쳐 술을 부르네.

-팔광이구나, 달 뜨는 밤이 왔으니 모든 게 끝났다.

-날이 이리 밝은데 비가 온다꼬?

-냄새 나는 게 귀한 것도 있구마.

이런 투덜거림을 늘어놓은 것은 할배 방에서 잠을 자는 덕이의 말이었다.

할배가 혼자 패를 뜨실 때 하시던 혼잣말을 기억했다가 우리한테 감칠맛 나게 써먹었고, 우리는 그 문장을 외운다고 실눈을 뜨곤 했다.

나는 판판이 졌다. 같은 무늬의 짝을 맞추는 데는 매번 서툴렀다. 대신 나는 다른 생각으로 가득 차 있었다.

'난초가 핀 꽃밭에 돼지보다는 사슴이 오면 더 좋겠고, 국화가 피고 단풍물 아름다운 달밤에 내게 편지를 보내줄 소년은 지금 어디에서 무슨 생각을 하며 살까, 나는 소설책에 나오는 그런 멋진 청년을 만날 수는 있을까, 열두 달의 1년을 몇 번쯤 더 지내고 나

면 내 맘대로 내 생의 주인공이 되어 살아갈까, 세월이 화투피처럼 얇게 후딱후딱 흘러갔으면 좋겠네.'

6장

사람들

방성지고개 점빵

동해국민학교 닿기 200미터 앞에 방성지고개가 있었고 점방 이름도 같았다.

쌍꺼풀진 눈이 크고 앞머리카락이 살짝 드문, 날씬하고 꼼꼼한 성격의 아저씨가 주인이셨다. 오가다가 눈길을 돌리면 점방에서 먼지를 탈탈 털고 계신 아저씨가 빙그레 웃으셨다.

아저씨는 평소에 말수가 적은 편이셨고, 평상에 앉아 먼 산을 바라보곤 하셨다. 부채를 탁탁 손바닥으로 치면서 긴 여름을 건널 때 아저씨의 가슴에는 무슨 색깔의 바람이 일었을까?

집집마다 대여섯 명의 자식들은 다반사였고, 우리 집에도 3년 터울로 동생들이 태어났다.

새 가방을 사면 맏이인 내게 먼저 차지가 왔고, 현경이는 내 헌 가방을 들어야 했다. 늘 불만이던 동생은 가끔 내 옷을 찢어놓는 발칙함도 저지르곤 했다.

내 할매와 달리 교육열에 별반 관심이 없던 어촌 마을의 부모들은 먹고살기에 바빠 자식의 학업에 신경 쓸 겨를이 없었다. 가방은커녕 보자기에 책을 둘둘 말아 옷핀으로 마무리를 했는데, 나일론 보따리는 가볍긴 했어도 물건이 잘 빠져 도망을 갔고, 무명천은 무겁고 때가 잘 묻었다.

여학생들은 허리에 가로로 묶고 다녔고, 머스마들은 어깨와 허리 쪽으로 비스듬히 쫌맸다.

필통 안의 연필과 지우개는 딸랑딸랑 소리를 내며 아이들의 등에 업혀 학교로, 집으로 따라다녔다.

동생들이 뒤져서 사라지거나, 보따리에서 풀려 없어지거나, 숙제한다고 아랫목에 엎드렸다가 이불에 쓸려갔거나, 학용품들은 툭 하면 행방을 감췄다.

부모님과 선생님께 야단맞고 쫓겨나거나 수업을 못 받고 교실 뒤편에서 벌을 서는 동안, 학용품은 아이들에게 애증의 대상이 되어갔다. (결핍의 기억 때문인지 요즘도 문방구 가는 것을 좋아하고 이것저것 집어서 쟁여둔다. 이걸 다 쓰려면 20년은 걸릴 거야!)

10칸짜리 칸 공책을 한 권 사면 국어, 사회, 과학, 도덕 과목을 한꺼번에 필기했다.

줄 공책에는 수학과 음악과 그날의 숙제를 적었다. 무지 공책에는 일기와 미술과 동시를 비롯한 온갖 잡다한 것들을 죄다 늘어놓았다. 그중에서 12색 크레용은 짱이었다. 밑그림을 그리는 노랑은 금방 닳았고, 갈색과 검정만 쭈볏하게 남았기에 새 크레용을 사려면 몰래 내삐리야 했다. '나는 언제쯤 36색 크레용을 하사 받았더라?'

방성지고개 점빵에는 반쯤은 문방구가, 나머지 선반에는 주전부리 꺼리가 여럿 있었다. 가운데 하얀 줄이 그어진 알록달록 눈깔사탕, 얼마나 고소한지 자주 혀를 깨물던 라면땅, 연탄불 위에서 몸을 뒤틀던 고무 과자 쫀드기, 세 번 핥기도 전에 줄줄 흘러내리던 아이스께끼, 뽀얗게 분이 피어있던 가래엿은 얼마나 목젖 떨리게 하던지.

소풍이나 운동회 때 겨우 맛보던 칠성사이다와 군밤이며 찹쌀떡은 또 얼마나 침샘을 자극하던지….

점방 옆으로 살림집으로 들어가는 대문이 있었다. 넉살 좋은 머스마들은 문을 빼꼼 열고는 "물 한 바가지 주이소예!"를 외쳤다.

누군가의 마루를, 마당을 엿보는 것은 신비롭고 강한 호기심이일었다. 그때의 묘한 끌림들이 관음증이란 병으로 이어지는 것이라면, 모름지기 사람은 자신의 내면을 들여다보고 끊임없이 반성하며 생각하는 삶을 살아야 하는 것을.

가끔 대장간에 들렀다. 손녀에게 뭔가를 전해줄 게 있으시던 할매는 방성지고개 주인아저씨께 맡겨 놓으셨다.

내가 지나갈 때 "막개 어장집 딸아!"라고 부르시면 나는 의기양양 점방 문을 열고 들어가서 인사를 했다. 그 댁에는 나보다 두 살 위의 남학생과 내 아래 학년의 여자애가 있었는데 국민학교 6년 내내 그들을 부러워했다.

날마다 사탕을 빨고 라면땅을 깨물 것 같았기에, 달마다 새 공책을 꺼내 쓰고 새 연필을 깎을 것 같았기에, 농부와 어부의 자식들이 몽당연필을 볼펜대에 끼워 쓰거나, 연필심에 침을 묻혀 또박또박 쓰던 문구류 가뭄을 그들은 한 번도 겪지 않을 것 같았기에.

중학생이 되면서 나는 많은 것을 알았다.

주전부리에 침을 질질 흘리는 짓은 창피하고, 내 부모님을 탓하는 맘은 당당하지 못함이며, 다른 사람을 부러워하는 건 자존심 상함이란 것을. 점빵집 식구들이라도 맘껏 물품을 취하지 못하고 자식들에게 풍족히 용돈을 주는 부모는 없으며 결핍을 통하여 우리는 천천히 자란다는 것을.

내가 읽던 책 속에 그 모든 것이 들어있었다. 나는 조금씩 아기 티를 벗어나고 있었다.

방물장수 점분 아지매

우리 집엔 손님이 잦았다. 정치망 어장은 그물을
바다에 넣어 한동안 뒀다가 물고기가 찼을 때 그걸 당겨야 했기
에 일꾼들이 여럿 필요했고, 그의 가족들도 종종 와서 집안일을
거들었다. 얻어먹는 사람들도 종종 우리 집 마당가에 앉아서 밥
때를 기다리곤 했다.

할매는 집에 온 사람을 그냥 보내지 않으셨다. '곳간에서 인심
난다'란 말씀을 달고 사셨는데 살림살이 중에서 양식을 채우는 일
을 제일로 치셨다.

그래서 내 옴마 손은 물 마를 날이 없었다.

밥을 빌러 오신 분께도 꼭 개다리소반에 밥 한 그릇에 국물과
김치를 차려드렸다. 미리 준비한 국물이 부족하면 우물에 두레박
을 던져 맹물을 몇 사발 섞어도 될 만치 육수는 넉넉하게 끓였고,
비록 고구마를 밑에 깐 보리밥일지라도 시렁에는 식은밥이 비치

되어 있었다.

　증조할매는 내가 일곱 살 되던 해 돌아가셨다. 내 기억 속에는 앉은 채로 지내셨기에 서 계신 것을 한 번도 보지 못했다. 옴마가 내리 딸 셋을 낳고도 아들을 못 낳았다고 혀를 끌끌 차신 분이셨다.

　동네엔 방물장수 아지매가 자주 들리셨는데 점분 아지매도 그중 한 분이셨다. 얼굴에 살짝 얽은 마마자국이 넓게 퍼졌고 호리낭창 날씬한 몸매에 애교가 넘쳤다.

　아지매는 위아래를 챙길 줄 아는 눈썰미가 있었다. 대문에 도착 즉시 증조할매께 안부를 아뢰었다.

　"안주인 어르신, 동안 잘 계셨니껴? 무탈하시고 별고 없으시니껴?"

　경북 사투리로 예의 바르게 웃어른을 챙긴 터라 증조할매는 손바닥만한 봉창문을 열고는 잇몸을 드러내고 웃으셨다.

　"얼른 들어와서 밥부터 무라. 을매나 배 고푸노!"

　귀한 손님처럼 점분 아지매를 맞으셨다.

　한동안 세상 돌아가는 수다를 풀어놓고는 이고 온 보따리를 풀어제쳤다. 바깥출입을 못하시던 증조할매는 유독 참빗을 탐내셨다.

촘촘한 빗살에 동백기름을 살짝 바르고 앞가르마를 탄 머리를 빗으실 때면 눈빛은 그윽하고 부드러웠다. 할매는 얼기미와 쟁반과 다라이를 집으셨고, 내 옴마는 동동구리무와 박가분에 눈길이 갔다.

시집갈 때가 된 순자 고모는 주문한 색색의 수실과 공단 천을 몇 필(疋) 살지를 고민하셨다.

광주리장수 아저씨는 골목에서 비질을 하시던 우리 할매를 붙들고 물건을 내리려다가 "어른 몰라보는 저런 뜨내기는 퍼뜩 내쳐라!"

추상같은 증조할매의 분부에 마당도 밟아보지 못하고 쫓겨났다. 엿 장사, 단지 장사, 찹쌀떡 장사, 소금 장사들도 증조할매께 먼저 출입을 고하지 못하면 '땡!'이었다.

나는 맏이라 생활 속에서 배운 게 많다.

층층시하의 시집살이에 옴마 눈엔 매운 눈물이 맺히는 동안 나는 세상의 질서와 사람 대하는 태도를 익힌 것이다.

웃어른을 먼저 챙기고, 공손히 대하고, 진심을 담고, 예의를 갖추고, 기다릴 줄 아는 여유를 터득했다.

이런 면면들을 '학습효과'라 할 테다.

무릇 세상의 모든 이치는 양면성이 있다.

옴마의 눈물 바람 속에서 나는 대가족의 질서와 넓이와 아량을 익혔다. 할매의 호통으로 굳건함과 당당함과 배려와 기다림을 알았다. 우리 집에 다녀가는 이들로부터 인간의 양면성과 거짓과 이율배반을 배웠다.

그런 모든 것이 내 속에서 익혀지고 발효되어 뭉근히 졸여졌으면 좋으련만, 나는 아직도 부족한 인격과 덜 닦인 수양과 야물지 못한 뇌 구조에 지배당한 채 날마다 헤매거나 칠칠맞지 못하고 덜렁댄다.

'증조할매, 만순 할매, 죄송해예~'

'옴마 눈물 값을 못 채워드려 미안해예~'

엿장수와 각설이 타령

'엿장수의 가위는 일 분에 몇 번 울릴까?'
'엿장수 맘대로!'
엉성한 아재 개그가 떠오르면 빙싯 웃음이 난다.

내가 중학생이 되고 나서 전깃불이 들어온 우리 마을은 바닷가의 오지였다.
읍내로 나가는 버스를 타려면 오 리를 걸었고 하루에 두 번 닿는 동신호를 타고 고현까지 가서 다시 버스를 타야 마산으로 나갔다.

신식 문명을 접할 기회도 없었고 마을에 점빵 따위가 있을 리 만무하던 우리 마을 아이들에게 엿장수는 기다림의 대상이었다.
아이들은 날마다 바닷가를 떠돌며 엿장수가 탐낼만한 물건이 떠내려오는지 살폈다.

태풍이 지나가거나 큰바람이 불어 바다가 뒤집어지면 예상치 못한 쇠붙이와 빈 병을 발견할 수도 있었다.

엿을 바꿀 제일 좋은 건 돈이었지만 물물교환 또한 훌륭한 거래 방법이었다.

민둥산에 아카시를 심는 산지 사방공사장이나, 태풍 대비를 위한 해안 사방공사장 주위를 배회하다 보면 무게가 제법 나가는 쇠붙이를 주울 수도 있었다. 그런 물건을 구해놓은 아이들은 눈이 빠지게 엿장수를 기다렸다.

둥글고 납작한 손잡이에 손가락을 끼워 철거덕 철거덕 울리던 가위는 쇠날을 대고 엿을 자를 때는 망치 역할을 했다.

엿장수가 가위를 세로로 세워 쇠날 위를 내려치면 눈썰미에 따라 엿이 잘려나갔다.

아이들은 한 조각이라도 더 달라고 마음속으로 빌고 빌었지만, 차마 입 밖으로 소리 내어 주문하지는 못했다. 왜냐하면 마을마다 돌아다니는 엿장수의 입방아에 올라 '누구네 자식놈이 아주 상스럽더라', '건방지더라', '군소리가 많더라' 등등의 뒷담화를 듣고 싶지 않았기 때문이다.

오랫동안 엿을 자르고 팔았던 아저씨의 가위소리는 리듬을 탔고 부드러웠고 쇠날의 눈금은 직선으로 뻗었지만, 초짜들의 가위는 덜컹거렸고 쇠날은 자주 눈금을 벗어나 튀었다.

우린 아저씨의 손짓에서 벌써 익숙함과 초보의 실수를 읽어낸 것이다. 아이들 또한 세상 일에 대하여는 아는 것이 아무것도 없는 아마추어였지만, 그 정도는 얼마든지 알아내는 것이다. 왜냐하면, 엿은 아이들에게 젤 맛있는 간식이었고, 자신의 손으로 획득할 수 있는 유일의 비자연산(제조된) 간식이었으므로.

그 간식을 실어 나르는 엿장수는 아이들이 꿈꾸는 장래 희망의 너덧 번째에 자리 잡는 직업이었으므로. (그 시절 우리에게 젤로 멋진 직업은 선생님이었고, 두 번째는 면서기, 세 번째는 점빵주인이다. 어디에도 농부와 어부 같은 업종은 없었다.)

가끔 엿장수와 함께 각설이가 나타날 때도 있었다. 각설이가 갈가리 찢긴 무명 핫바지에 숯검뎅을 묻힌 채 빙글빙글 춤추며 노래를 부를라치면 온 동네 사람들이 모여들었다.

노래 값으로 당연히 엿을 사 주었고, 어른들과 아이들은 입에 문 엿 사이로 침이 흘러내려도, 엿이 입술 사이를 빠져나와도 다물지 못했다. 각설이 노랫가락은 버들가지처럼 휘휘 늘어졌고 꺾기는 신들린 듯 리듬을 탔다.

저렇게 노랠 잘 부르는 이가, 왜 저렇게 험한 거렁뱅이 옷을 입고 춤을 추는지 아무도 이해하지 못했다.

　잘 빠진 양복 입고, 넥타이 매고, 번쩍이는 구두에 툭 튀어나온 아랫배를 앞세워 걷는 김생원 할배도 간드러진 노랫말로 꼬셔서 엿을 한 판이나 팔 정도라면, 멋쟁이 신사보다 분명 한 수 위임이 분명함에도!

허파에 바람 들고, 목소리에 사랑 감고

고개 너머 서씨 할배네 아들 넷 중에 막내인 갑식이 아재는 노래를 기똥차게 불렀다.

아재는 똥짤막한 키에 금방 튀어나올 듯한 눈망울을 가진 상냥하고 예의 바른 청년이었다. 평소에는 조용하고 말이 없었지만 노래 앞에서는 용감해지고 엄청 커지는 분이셨다.

아재의 노래를 듣겠다고 이웃 마을 처자들도 고개를 넘어 우리 동네로 밤마실을 오기도 하고 누구와는 보리밭이나 어덕(언덕) 밑 묏등에서 만났다는 소문도 돌았다.

특별한 얘깃거리가 없던 담장 낮은 시골에서 아재는 소문과 노래를 몰고 다니던 아이돌이었다.

서씨 할배네는 우리 집(정치망)과는 다른 통발 어장을 하셨다. 위로 세 아들은 도시로 나갔고, 막내만 부모님 곁에서 어장 일을 도우며 살고 있었다.

아부지를 도와 목선에 통발을 싣고 밤이면 그물을 설치하고, 새벽녘엔 통발을 걷어 잡힌 장어를 어판장에 내다 팔러 간다는 핑계로 첫 도선을 탔다. 막배에도 아재가 내리지 않으면 서씨 할배는 노발대발 화를 내셨다.

"허파에 허들시리 바람이 들었는갑다. 내 이 자슥한테 식겁을 줘야제. 물 봐서(어장질) 뽀도시(겨우) 묵고 사는 우리 행핀에 뭔 니나논고? 몽디 타작을 한빨띠기 해도 모자라제? 쎄가 만발이나 빠질 놈!"

할배가 지게작대기를 들고 쫓아와도, 할매가 부지깽이를 들고 따라 나와 우사스럽다고 얼굴 끄실리는 짓이라고 말려도 소용이 없었다.

아마도 아재는 "어판장에서 받은 돈으로 레코드판을 낸다", "가수를 하려면 도시로 가야 한다" 등등의 말에 휘둘리는 모양이었다.

갑식 아재는 면내 콩쿨대회에서 매번 최우수상을 받았으므로 사람들은 노래 실력을 인정했지만 의견은 분분했다.

누군가는 성공하려면 고생길이 열려도 일단은 "서울로 가야 한다"고 부추겼고, 누군가는 "눈 뜨고도 코를 베어 간다는 곳에 우찌 보내냐" 걱정을 하면서도 아재의 노래 솜씨가 아깝다고 혀를 끌끌 찼다.

동네 사람들이 저마다 한마디씩 보태며 입방정을 떨어도 아재는 신발코를 흙무더기에 콩콩 찧으며 암 말이 없었다.

그러나 보름달이 동산을 두어 번 넘어가거나 타동네 사람들의 입길이 보태질 때마다 아재의 목에는 빨간 스카프가 걸리거나, 왼 가슴팍에는 별 모양의 브로치가 달리거나, 휘파람을 휙휙 불며 선창을 걸어가는 그림자가 길었다.

결국 아재는 보따리를 쌌다.

송아지 판 돈을 장롱 깊숙이 넣어뒀는데 없어졌다더라,

형수가 품앗이로 넣어 품은 금반지가 사라졌다더라,

이웃동네 숙자랑 벌써부터 눈이 맞았다더라,

멸치 어장에서 받은 노임으로 계를 부었다더라,

할매할배가 막내한테 한밑천 챙겨줬다더라,

숱한 소문이 아재의 발자국을 따라다녔지만 확인된 것은 아무 것도 없었다.

나는 조용필의 노래를 좋아했다. 그런데 30여 년간 친애했던 조용필의 노래를 덮었다. 대신 다른 가수가 내 인생에 깊숙이 들어왔다. 김호중이란 성악가 출신의 가수다.

그가 부르는 '산노을'이란 노래를 들으면 내 가슴에 노을이 사무친다. '내 마음의 강물'을 들으면 내 삶이 강물을 따라 흐르다가 바다에까지 닿는 느낌이다.

갑식 아재 생각이 난다.

내 어렸을 적 무릎에 앉혀놓고 배호의 노래며 최희준의 '하숙생'을 불러주던 아재.

감미롭고 명징한 목소리로 이미자의 '내 고향 섬마을', '동백아가씨'를 애간장이 녹아내리게 부르던 아재.

사슴같이 선한 눈망울로 수평선을 응시하던 아재.

나는 사람의 인상을 볼 때 젤 먼저 목소리에 매료된다. 목소리좋은 사람에게 무조건 높은 점수를 매긴다. 앞뒤를 가리거나 객관적인 평가를 멈추고 만다.

누군가의 취향을 결정하는데 어릴 적 기억 한 토막이 큰 비중을 차지할 때도 있는 것을 보면 인간은 비이성적이고 비합리적이다. 특정한 편린(片鱗)이 중요한 결정타가 되기도 하는 것이다.

아재와 나는 그냥 평범한 동네 사람이었지만 즐겨 부르던 노래와 감미한 목소리는 잊혀지지 않고 지금까지 내 취향의 중요한 대목이 되었다.

오늘 내가 뱉는 한 마디가, 행동 한 지점이 누군가에게는 '잊혀지지 않는 의미'가 될 수도 있다.

평생을 따라다니는 변곡점이 될 수도 있는 게다.

세상살이는 참 오묘하고 신묘하다. 인간만사는 몇 문장으로 간단명료하게 규명할 수 없는 끝없이 이어지는 대하 장편소설인 것을!

　* 사족: 잊혀지지 않는 하나의 의미(김춘수의 꽃 한 구절)

무성해라 소문은

봉사 아재와 아지매가 업동이 아들을 금지옥엽 기르는 동안 세월은 흘렀고 대밭의 휘파람 소리는 깊어갔다.

설 무렵의 콩쿨대회가 끝나고 춘풍이 달착지근하게 불어오면 무성한 소문이 대숲에 숨어들었다.

사람들은 근질거리는 입을 막느라 꾹꾹 자크를 채워도, 굵은 바늘로 입술을 꿰매도 둘만 모이면 눈치를 주고받으며 웃음을 참았다.

"니 그거 아나?"

"그카는 니는 하나만 알고 둘은 모리제?"

"이거는 꼭 니만 알고 있어야 된데이"

"내 입은 돌띠다. 자끄를 꽉 채우꺼마!"

자신이 아는 소문을 꼭 니만 알아라고 말했지만, 그 니만은 온 동네 모두에게 해당되었다. 그리고 들은 사람은 또 '니만!'을 입에 달고 자랑이라도 하듯 질펀하게 퍼 날랐다.

원래 소문은 한 입을 건널 때마다 하나씩 추가되어 달걀만한 내용도 종래에는 북처럼 크게 부풀었다.

윗땀의 누군가는 사랑해선 안 될 사람과 눈이 맞아 농약을 마셨고, 앞 동네 분남이는 동동구리무 총각 따라 집을 떠났고, 같은 동네에 살면서 원한이 깊어진 누군가는 칼부림이 났고, 과숫댁 담장을 밤마다 넘던 그림자는 드뎌 정체가 밝혀졌다.

아랫땀 누군가는 바늘 도둑이 소 도둑 되었고, 유산을 서로 더 많이 차지하겠다고 형제끼리 싸움이 났고, 과부의 속고쟁이를 벗겨왔고, 홀아비의 내복 솔기에 붙은 이(蝨甫)가 서말가웃을 넘을 거라고 했다.

소문은 여러 입을 거치면서, 아는 사람이 많아지면서 사실로 정착되는 경향이 있다.

'아니 땐 굴뚝에 연기 나랴', '낮말은 새가 듣고 밤말은 쥐가 듣는다', '발 없는 말이 천 리 간다' 등의 속담이 생긴 데에도 다 이유가 있을 것이다.

그러나 정작 소문의 피해자도 생기게 마련이다. 허망한 소문의 굴레에 싸여 스스로를 파괴한 사람도 있었던 게다. 자신의 결백

을 버선목처럼 뒤집어 보여주지도 못하고 두려움과 절망의 나락
으로 빠진 분들.

지금도 그런 일이 도처에서 일어나고 있음을 본다.

하여 나는 소문을 믿지 않는다. 내가 직접 경험하고 눈으로 확
인하지 않은 사항에 대하여 이러쿵저러쿵 내 의견을 말하지 않는
다. 정치나 사회, 이웃과 지인들에 대하여 견해를 밝히지 않는 이
유이기도 하다.

소문은 무성하지만 내가 받아들이거나 내 입으로 논할 수 있는
내용은 극히 미미하므로.

나는 소문에 대하여 냉정하게 대처하고 싶으므로.

대나무밭 업둥이

학교에서 집으로 오는 길에 범바위골이 있었다. 기와집 한 채가 골목길에 등을 보이고 앉았고 앞마당엔 볕뉘가 좋았다.

기와집 뒤란은 대나무밭이었다. 비바람이 몰아치는 날 그 집을 지나면 등골이 서늘했다. 대나무들은 큰 키를 휘저으며 바람에 맹렬히 반응했기 때문이다. 휘리릭~ 사사삭~ 오싹함을 느낄 만한 몇 가지 음향을 그 속에 간직한 채, 어린아이들에게 공포심을 안겨주었다.

그것도 잠시, 맑은 날 그곳을 지나면 아이들은 재작질할 꺼리를 찾아 눈을 번뜩거렸다. 이른 봄이면 돌담 밖으로 몇 포기의 죽순이 삐져나와 자라기 일쑤였다. 넓게 퍼지는 대나무의 특성으로 돌담 너머까지 영역을 확대하듯이, 병사 몇을 망보기처럼 내보낸 듯이.

죽순이 잘리지 않고 여린 대나무로 자라면 개구쟁이 형식이는 주머니칼로 그 순을 잘랐다. 대나무의 날렵한 가지를 손에 들고 흔들면 휘파람 소리가 났다. 이파리들이 서로의 몸을 부딪히면서 여리고 맑은 소리를 냈던 것이다.

아이들은 대나무를 흔들며 입술을 오므리고 휘휘 휘파람을 배워갔다.

대나무집을 지나 10분쯤 걸어오면 제법 들이 넓었다. 그 들판 사이로 가르마 같이 좁고 반듯한 샛길이 있었다. 갈림길에서 오른쪽으로 이어지는 길은 우리 동네로 가는 길이었고, 왼쪽 샛길을 걸어가면 봉사 아재집이 있었다.

아재는 우리 아부지와 갑장이셨고 더러 왕래하기도 했다. 봉사 아재네는 자식을 낳지 못해 업동이를 기르셨다. 그 업동이는 나보다 한 살 많은 남자아이였고 뽀얀 살결에 얼굴이 동그스름했다. 봉사 아재를 닮아 천성이 순하고 착해 빠진 티가 역력했다.

그 아이가 봉사 아재의 팔을 부축하여 우리 집까지 다니러 왔던 기억이 아직도 선명하다. 아재와 우리 아부지가 반갑게 소주잔을 기울이시는 동안 그 아이는 마당가에서 혼자 그림을 그리며 놀았다. 내 할매가 평상을 권해도, 멍석 위에 앉길 권해도 고개를 저으며 쪼그리고 앉아 있었다. 나는 그림의 내용이 무척 궁금했지만 차마 가까이 다가가서 들여다보지 못했다.

그 아이가 가진 비밀과 고독감을 훔쳐보는 순간 나는 공범이 되거나 누군가의 내밀한 짐을 나눠져야 할지도 모른다는 두려움이 나를 사로잡고 있었던 게다.

더러 머스마들이 아무런 뜻도 내용도 없이 그 아이를 업동이라고 놀릴 때 나는 용감해졌다. 놀리는 머스마들의 뒤통수에 자갈돌을 뿌리기도 했으니까.

느닷없는 자갈돌 세례는 머스마들의 관심을 내게로 돌리는 방패막이가 되었고 나랑 머스마들 사이에 말다툼이 일어나는 동안, 그 아이는 혼자서 성큼성큼 골목길을 돌아가 버렸으니까.

어느새 봉사 아재의 팔짱을 끼고 햇살 속으로 당당히 걸어가 버렸으니까.

이발 아재는 까치셨어

        어린 날 단 한번, 옴마한테 두드려 맞은 적이 있다. 55년 전인데 엊그제 겪은 일처럼 선연하다.

    사십 대의 젊은 아낙이 난감한 표정으로 부지깽이를 들고 쫓아오고 있다. 앞서가는 단발머리 소녀의 눈에는 닭똥 같은 눈물이 주렁주렁 매달렸고….

    머리카락이 눈썹을 덮으면 우리 옴마는 아이들을 불러 앉혀 보자기를 칭칭 두르고, 손잡이가 뭉툭한 가위와 빗을 챙겨 들었다. 왼쪽을 맞춰 자르면 오른쪽이 올라가고, 오른쪽을 손질하면 왼쪽이 부실하여 고르고 또 고르다 보면 앞머리가 이마 중턱까지 올라갔다. 거울 속에는 이상한 아이가 앉아 있었다. 나는 울면서 옴마한테 따졌다.

    "잘하지도 못하면서 왜 이렇게 잘랐노? 내 머리카락 도로 붙여도, 빨리 붙여도!!"

나는 온 동네가 떠나갈 듯 울어 젖혔고 시할매에, 시부모님 수발에 지친 내 옴마는 본인의 설움에 겨워 같이 꺼이꺼이 울다가 퍼뜩 정신이 들어 부지깽이를 들고 나를 쫓아왔다.

나는 잽싸게 담을 넘어 뒷동산으로 도망쳤다. 한 번도 맞은 적 없는 옴마의 부지깽이도 무섭고, 친구들에게 놀림받을 내 머리카락도 이상하고, 어제까지는 꼭 왔어야 할 이발사 아재가 너무나 미워서, 기다림에 지쳐서 훌쩍훌쩍 울었다.

"이발사 아재, 와 안 오셨음미꺼예~ 엉엉!"

대천 동네에 살던 아재는 온 동네 소식통이었다. 열흘 단위로 날을 정해 이 마을, 저 마을로 이발을 해 주러 다니셨다. 보따리로 반듯하게 묶은 네모난 상자를 들고 다녔는데 그 속에는 바리깡과 칼날과 가위와 면도칼과 비누와 면도용 붓이 들어있었다.

아재는 새끼손가락을 곧게 뻗어 균형을 잡고 네 손가락에 가위나 바리깡을 끼워 이발을 했다. 바리깡이 지날 때마다 아이들 머리카락이 우수수 떨어지고, 머리통 한가운데로 하얗게 반질대는 고속도로가 났다.

아재는 수박 두드리듯이 손가락 가운뎃마디로 통통, 몇 번 튕겨주며 추임새를 넣었다.

"야아~ 지난번보다 제법 익었는걸^^"

아재가 술이라도 한 잔 드신 날에는 아이들 귀밑머리와 목덜미 뒤에는 채 깎이지 않은 머리카락 몇 올이 까치수염처럼 남았다.

남정네들이 머리를 손질하고 덥수룩한 수염을 파르스름하게 면도하고 나면 새신랑 같았다. 그런 날 남정네들 눈빛은 물결에 부딪혀 튀어 오르는 윤슬을 닮았고, 발걸음은 가벼웠다.

이발 아재는 마을 사연을 물어 나르는 까치셨다. 아재가 동구 나무 밑 그늘에 자리를 잡으면 이바구를 듣기 위해 뒷짐을 지고 헛기침을 하며, 주위에 모여드는 사람들이 하나둘 늘어갔다. 순유 아재는 짚단을 들고 와서 새끼를 꼬고, 아부지는 그 옆에서 그물을 기우셨다.

장기부락 최서방은 아들이 부쳐준 돈으로 알짜배기 물길 좋은 논을 두 마지기나 샀다 카네요. 검포동네 이생원은 물 찬 제비 같은 애첩을 얻었고, 춘삼네는 일곱 번째 딸을 낳아 초상집이 되었 단 말이 돌고 있소.

범바위골 순이는 공장서 번 돈을 동생 학비로 보냈고, 뒷마을 식이와 자야는 눈이 맞아 집 나갔다꼬 걱정이 많소. 이 동네 저 동네 입질에 오르는, 드라마틱하고 야릇한 이야기들이 꼬리를 물 고 이어졌다.

남정네들이 전한 이야기를 아낙들은 우물가에서 주거니 받거 니 풀었다. 아낙들 입을 거치면 꾸미는 말 몇 마디가 보태져 맛깔스러워졌다.

"두어줌밖에 안 되는 허리에 공단 치마를 말아 쥐고 눈웃음치던 그년이 고새 생원영감을 꼬셔냈구먼."

"춘삼네 불쌍타 아이가. 꼬장꼬장한 할매가 손주 볼라꼬 작은댁 찾아나설낀데 애달바서 우짜노?"

"우리도 딸 단속 잘해야 된다 아이가."

"살아있는 생물인께 뭔 짓을 할랑가 우찌 아노?"

이발 아재가 물고온 발 달린 소문은 끝없이 이어졌다. 이 집 저집 굴뚝에 밥 짓는 연기가 피어오르듯, 소녀가 처자 되고, 그 처자가 아낙이 되듯이 세월이 무심한 듯 처연히 흘러가고 있었다.

니가 개구리?

　　여름방학 시작 알림이 땡~ 울리면, 통지표를 받아
들고 집으로 가는 길. 땡볕은 무지막지하게 머리 위에서 길을 물
었다. 나는 아무 대꾸 없이 그냥 갈 길을 재촉했다.

　　오늘도 옴마는 호미 두 자루를 모아 쥐고 새벽부터 고구마밭으
로 걸음을 옮기셨다. 나는 할매께 받은 꽁보리밥 도시락을 들고
평돌바위를 지나 그 밭에 들렀다 학교에 온 터였다.

　　산길은 멀고, 소나무는 짙고도 당당한 솔향을 내뿜고 있었다.
송진은 세월의 마디마디를 옭아매느라 강렬하고도 적나라했다.
나는 참솔, 곰솔, 적송, 해송의 이름을 한마디씩 불러주며 저 소
나무들은 언제쯤 우리 집 부엌에 푸근히 갈비를 뿌려줄 건지 헤
아렸다.

　　'10리 길을 한동안 걷지 않아도 되겠군. 내 짧은 다리에 휴식
을 줘야지.'

나는 도보 통학의 어려움을 걷어내고, 깊은숨을 내쉬었다. 집으로 오는 걸음이 날 듯 가벼워졌다.

집에는 내 통지표보다 먼저 큰고모네 둘째 아들 정환 오빠가 닿아 있었다. 부산 용호동에 살던 큰고모네 자식들은 외가에 와서 여름을 나는 것이 가장 유쾌하고 살맛 나는 시간이었다.

큰고모부는 6·25 때 팔을 다친 상이용사셨다. 매섭고 차가운 인상의 큰고모부는 오른팔이 없는 옷소매를 덜렁이시며 처가에 오곤 하셨다. 어린 내 맘에 큰고모부의 헐렁한 소매는 낯설고 무서웠다. 지금이야 참전 용사들도 대접을 해 드리고 6·25 상이용사는 더욱 보훈처에서 갖가지 도움을 주지만, 그 시절의 상이용사들은 국가로부터 특별한 인정과 도움을 받지 못하고 전쟁에서 다친 상처와 울분을 이웃에 풀기도 했다.

고모부는 자식들한테 무서운 아비셨던 듯싶다. 인정 많고 장모님께 예의 바르게 잘하셨지만 세상살이의 설움도 깊으셨을터, 삶의 굽이굽이 얼마나 애타고 힘드셨을까?

반상(班常)의 법도를 귀히 여기셨던 내 할머니는 '알아주는 양반 가문'이라는 말을 신줏단지처럼 받들고 '초계변씨'를 사위로 맞으셨다. 요절하신 큰고모부의 모습이 훤히 떠오른다.

정환 오빠는 아이들이 누릴 수 있는 모든 놀이를 훤히 꿰고 있었다. 보통의 남학생들이 하는 그렇고 그런 시시한 놀이가 아닌, 그만의 특별한 방법으로 점점 더 재밌는 놀이를 기똥차게 개발하는 발명가였다. 그 여름, 오빠가 개발한 아이템은 작살이었다.

그 작살은 고래를, 감성돔을, 숭어를 잡는 게 아니라 개구리를 찌르는 것이었다. 오빠는 대나무를 날렵하게 다듬어 손잡이를 만들었고, 그 끝에 날카로운 바늘을 달았다. 미늘이 제대로 몫을 하리라 예상하고서 말이다.

오빠는 그 작살을 들고 여름방학 내내 산으로 밭으로 개구리를 찾아 돌아다녔다. 드디어 맘에 드는 저놈을 꼭 찔러서 혁혁한 전과를 올리고 싶은 그 오후, 오빠는 목표물을 향해 예리하고도 치열하게 다가가 작살을 던졌겠다.

'휘리릭~ 한 치의 오차도 허용하지 않으리~'

그 작살은 정확하게 정환 오빠의 오른쪽 발바닥에 꽂히고 말았다. 미늘은 빼려 하면 할수록 더 깊이 살집을 헤집었고, 할매는 불에 달군 칼로 오빠의 발바닥을 십자로 찢었다. 지금처럼 119도 없고, 보건소도 없고, 시골에서 의사를 부르거나 병원에 가는 것도 쉽지 않은 시절이었다.

오빠는 작살이 꽂힌 그 발바닥 상처에 한 달 내내 구수한 된장과 지글지글 끓인 간장으로 소독하며 여름을 났다. 할매는 몇 차례 배둔장에서 국수를 뽑으셨고, 정환 오빠는 평상에서, 혹은 감나무 밑에 왼무릎을 괴고 앉아 국수를 곱빼기로 말아 먹었다.

우물에서 막 퍼 올린 맹물에 간장과 사카린으로 간을 한, 그 위에 데친 정구지나물 몇 가닥이나 애호박을 숭숭 썰어 살짝 볶은 고명을 끼얹은 물국수를 후루룩 먹고 또 먹었다.

"내 속에는 거지가 들었나? 왜 이렇게 많이 먹히지?"

정환 오빠는 미안함을 담아 살짝 눈짓을 했지만 결코 믿기지 않는 속내였다.

우리 옴마는 암 말 없이 도끼눈을 가늘게 뜬 채 시누이의 둘째 아들에게 국수를 들이밀었다. 대단한 먹성에 온갖 개구진 짓은 가리지 않고 해대는 그 녀석, 얼마나 얄미웠을까?

오빠는 개구리 대신 자신의 발바닥을 작살로 사정없이 찌른 실수로, 앉아서 외숙모에게 온갖 수고로움을 드린 죄를 잊지 않았다. 그다음 해 방학에는 한층 철든 모습으로 찾아와 고마움을 표했으며 그렇게 천방지축 천둥벌거숭이처럼 날뛰던 재작질을 그만두었다.

보리쌀을 씻거나, 빨래를 밟거나, 우리 집 샘이 마른 겨울에는 동네 우물물을 길어오는 등 힘든 일을 척척 도왔다. 그렇게 우리 옴마를 가장 잘 도와주는 착한 조카가 되었으니, 세상 모든 이치는 형평하고도 값있어라.

보리밭 사잇길로

60년대엔 마을마다 청춘들이 많았다. 집집마다 자녀들이 다섯 이상은 다반사였고, 우리 동네에도 자식을 열 명 넘게 낳은 부부도 몇 분 계셨다. 손위 누나가 동생을 돌보며 업어 키웠다. 또 누이는 밥 짓고, 빨래하고, 청소를 하며 도우미 몇 명 몫의 집안일을 감당했다. 가족애와 형제애가 아니면 절대로 할 수 없는 일들을 묵묵히 불평 없이 해냈다.

그 누이들에게도 여가와 쉼과 휴식과 재미가 필요했으리라.

옆 동네 판식이는 막내로 자라 누이의 웃음과 손길이 너무나 그리웠다. 친구 여동생의 보조개 패인 볼우물이 참으로 예뻤다. 그 누이랑 단둘이, 조용한 곳에서 손을 맞잡고 싶었다.

동네에는 사람들의 눈을 피해 따로 만날 공간이 없었다. 공동묘지는 너무 무서웠고, 너럭바위는 썰물 때가 아니면 건너기 힘들었고, 물방앗간은 상구 형에게 이미 찜 당했다.

그리하여 넓고, 파릇하고, 유순하고, 부드럽고, 냄새까지 풋풋하고, 여차하면 들킬 염려도 없는 보리밭 길목에서 만나잔 약속을 했다.

너른 보리밭 어디쯤이 움푹 패인 것을 보면서 바람의 흔적인지 사람의 자국인지 따지는 것은 무의미하다. 먹이를 찾아 밭둑을 어슬렁거리는 고라니나 멧돼지가 뒹굴었을지도 모른다.

바람은 산등성에서 마을을 향해 막무가내로 불어오고, 살아 숨쉬는 모든 생명은 푸르고 싱싱한 삶의 호흡을 거칠고도 진실하게 내쉬고 있었으므로.

보리누름이 되면 일이 참 많았다.

무논을 잡는 일은 당연지사. 봄비가 내리면 막힌 물꼬를 틔우러 농부들의 발길은 날마다 바빴다. 겨우내 비어있던 무논을 두어 번의 쟁기질로 논바닥을 갈아엎었다. 발로 밟아 평탄 작업을 하고, 진흙 반죽을 찰지게 써레질로 마무리를 한 뒤에 경건히 볍씨를 뿌렸다. 볍씨가 싹을 틔우고 갓난아이 머리카락처럼 자라더니 점점 무성해질 무렵을 기다렸다.

그동안 보리는 알이 통통하게 여물어갔다.

까투리와 장끼가 보리밭에서 푸드덕 날아오르면 그곳에는 꿩알이 몇 모여 있는 곳이다. 눈 밝은 이웃집 석이 아부지는 귀신처럼 그 알들을 거둬오곤 하셨다. 그러나 우리 집에는 꿩알을 줍는 행위는 금기사항이다.

"'꿩 새끼 지(자기)집 찾아간다'는 말이 있다. 영리하고 눈 밝은 날짐승인데, 알을 뺏기면 목에서 피가 솟도록 운다는 옛말이 있니라. 말 못하는 짐승이라고 함부로 대하면 안 되는기다."

이 말이 석이네에게 옮겨가지 못하도록 말허리를 묶는 것은 당연지사.

할매의 말씀대로 그 휘하의 누구도 꿩알을 걷어오지 못했다. 세상 모든 생명은 가치와 의미가 있고, 존재 가치를 오롯이 인정해야 하므로.

초벌을 베어낸 부추는 무성하게 머리를 풀어 제쳤다. 머위는 이파리마다 솜털을 달고 머윗대를 살찌웠다. 쑥국새가 우는 산언저리의 소나무 끄트머리는 온통 노란빛이었다.

봄 가뭄이라도 들면 장독대 단지 두껑마다 노랗게 송홧가루가 내려앉았다. 우물가에서 빨아온 광목 이불깃에도 분첩에서 털어낸 가루처럼 노랗게 물이 들었다.

윤사월 해는 길고 아카시아꽃이 가지마다 꽃대궁을 늘이면 봄은 와자하게 깊어갔다.

두불콩을 넣고, 상추며 쑥갓 씨앗을 뿌리고, 감자알을 묻고, 고추 모종을 옮길 때쯤이면 보리는 저절로 익어갔다. 더러는 익기도 전에 고꾸라지거나 깜부기가 되어 바람에 외로이 흩날리기도 했다.

며칠 전, 모임 뒤풀이 가다가 뜬금없는 질문을 받았다.

"저어기~ 저런 곳이 왜 자꾸 생기는지 아세요?"

동행인의 손가락이 가리키는 곳을 눈짓으로 좇았더니 휘황찬란한 불빛이 쏟아지는 모텔이다. 브리즈(breeze). 모텔과 어울리지 않는, 연결고리가 쉽지 않은 이름이다. 대답이 난감하다.

'사랑을 잃은 사람이 너무 많은 세상이라서!', '사랑 찾아 행복을 찾아' 이런 따위의 답을 듣고자 하는 질문은 분명 아니니까.

"보리밭이 사라져서래요."

누군가와 저 푸른 보리 밭둑을 걸은 적이 있었던가? 걷고 싶기라도 했던가?

이팝나무가 하얗게 손짓하는 가로수길 한켠에 자리 잡은 브리즈 모텔. 그 창가에 산들바람은 정말 불어오고 있을까?

7장

바다

영등할미, 바람타고 딸을 데려오시면

　　　　내 귓전에는 늘 물결이 찰랑거렸다. 대문 앞이 바다인지라 아침에 눈 뜨는 순간부터 읽던 책을 덮고 잠드는 시간까지 물결음이 들렸다.

　서울 살던 내 또래의 소년이 어머니의 자장가를 듣던 순간에 나는 바다가 불러주는 해조음(海潮音)에 귀 기울였다.

　음력 이월 초하룻날은 '영등할미, 바람할미'가 오신다.

　할미를 맞으려고 정월 그믐날 저녁에 양푼이를 들고 황토를 파러 갔다. 바람을 몰고 오시는 할미는 흙에 발자국을 남기시므로 대문 밖 양옆으로 황토를 펼쳐놓으면 그 집에 들르셔서 복을 주고 가신다고 철썩 같이 믿었다.

　할미는 하늘에서 딸을 데려오실 때는 치마와 댕기가 휘날려 치장을 돋보이게 하고 세상 구경을 다니기 위해 바람을 타셨다.

　가끔 며느리를 데려올 때면 시어머니 심술로 흠뻑 적셔주려고

비를 타고 오신다는 거였다. (아하~ 오래전부터 시엄니는 대단하셨구먼!)

영등시에는 한사리, 대조(大潮)였기에 일 년 중 조석간만(朝夕干滿)의 차가 가장 컸다.

바다 물빠짐이 좋았다는 말이다. 평소에 잠겨있던 저 깊은 바닷속이 벗겨지면 온 동네 사람들은 호미를 들고 갯가로 나갔다.

자잘한 바위를 뒤집으면 해삼이며 성게며 소라가 나왔다. 돌멩이를 탁탁 치면 물이 솟는데 그곳을 파면 어김없이 대합(개조개)이 숨어있었다.

손이 재빠르고 부지런한 아이들은 들고 간 물통에 이것저것 수확의 기쁨을 누리는 것은 다반사였다.

작은 몸피의 고둥보다 크고 맛도 좋은 피조개, 가리비며 다리를 치켜들면 왕성한 생명력이 느껴지는 돌게(박하지)는 손가락에 피를 철철 흘리면서도 쫓아갔다.

바구니가 덜 차면 소녀들은 청각이며 모자반, 톳을 가득 뜯었다. 해초들을 살짝 데쳐서 어간장에 조물조물 무치면 맛이 좋았다.

맘만 앞선 만구는 갯바위에 미끄러져 엉덩이를 찧고, 낙지를 따라 물웅덩이에 빠진 기만이는 온몸이 젖었다.

순둥이의 수확물을 탐내던 탁이는 앙살게에게 손등을 물려 "나

살려라!" 비명을 질러댔다.

춘근이는 웃으면서 내게 뿔소라 몇 개를 건넸고, 점호도 발갛게 인물 좋은 해삼 다섯 마리를 큰놈으로 골라내서 바구니에 담아주었다.

어느 정도 바구니가 찬 아이들은 바위에 앉아 걷어온 잘피(억새처럼 생긴 해초)를 벗겨 먹었다. 뿌리 쪽의 속잎은 희고 연하면서 달달하면서 짭조름한 갯맛이 났다.

미끈거리는 바닷말의 속잎을 나눠 먹으며 그 아이들은 무슨 이야기를 나눴던가?

'엄마가 섬 그늘에 굴 따러 가면~~~' 학교에서 배운 '섬집아기'를 목청 돋워 불렀던가?

집으로 돌아오는 길은 길었다. 한 손에는 바구니 가득 찬 수확물을 들고, 한 손에는 가져간 호미를 놓지 않았다.

내일은 할머니를 따라 바지락을 캐야 했다.

우리 몫 갯가 아래쪽의 포슬포슬한 모래톱엔 일 년을 물속에서 숨어 자란 바지락이 눈을 살포시 뜨고 이월 영등할미의 바람결에 온몸을 드러낼 터이므로.

영등날 한사리를 놓치면 불가사리란 엉뚱한 놈이 그 바지락 맛나게 잡숫고 껍질만 남겨놓을 터이므로.

동타리

바닷가를 지나다 물이 드러난 모래톱을 보았다.
그 속에 사는 다슬기 생각이 났다.

우리 동네에서는 바닷가 다슬기를 동타리라 불렀다.
약간의 민물이 비치는 고슬고슬한 모랫벌이 동타리들의 마을
이었다. 기어 다니는 것을 좋아하는 성향 때문인지 먹잇감 때문인
지 갯벌에 유독 많았다. 가느다랗고 작은 동타리부터 오동동하게
몸집이 부푼 동타리까지 몇 종류가 모여 살았다.

국민학교 저학년 때 집으로 돌아가는 길. 책 보따리를 동산에
던져놓고 적개 바닷가에 내려가 동타리를 주우며 놀았다. 뭔가를
수확하는 일, 하나씩 모으면 분량이 점점 늘어나는 것을 보는 것
만으로도 재미가 있었다.
물기 촉촉한 웅덩이 근처엔 동타리 식구들이 떼거리로 모여있

기도 했다. 고사리 같은 손가락으로 꼬물꼬물 주워온 동타리는 양
구의 검정 고무신 속을 기어 다녔다.

우리는 그 고무신을 들고 옥이 할매 집으로 달려갔다. 언제나
아이들을 반겨주시던 할매는 "아이고야, 이거 줍니라꼬 욕봤다
야. 쫌만 기다리거라~" 말꼬리를 남긴 채 곤로에 불을 피우셨다.

삶은 동타리를 할매집 마당가 나무 그늘에서 먹었다. 날카로
운 돌칼로 동타리의 똥자배기(꼬리 부분)를 톡 깨트려서 주둥이
부분을 쪽쪽 빨면, 어느 순간 물컹한 살이 입 안으로 호로록 빨
려 들어왔다.

때로는 동타리의 속껍질이 입천장에 들러붙기도 하고 씻겨나
가지 않은 작은 모래알이 꺽꺽 씹히기도 했다. 우리는 캑캑대거
나 혓바닥을 돌려 입술에 붙은 이물질을 뱉어내기도 하면서 동타
리를 빨았다.

그런 날, 햇살은 까무러치고 바람은 고요했다. 좀처럼 동타리
는 줄어들지 않았고 손바닥에 바닷물이 흥건히 배였다. 그 손바닥
으로 햇살을 가리면, 오동나무 가지마다 넓적한 이파리들이 부채
질을 하는 모습이 보였다.

혓바닥이 얼얼해지도록 동타리를 빨다가 집에 오면 옴마는 밥
솥에 얹어 짜작하게 끓인 강된장에, 푹 쪄낸 호박잎이 놓인 밥상

을 차려주시곤 했다.

 팻국물이 가시지 않은 그 손에 손바닥보다 더 큰 호박잎을 펴고 쌈을 싸 먹었다. 골목을 지나 밭둑길로 접어들면 호박벌에 쏘일지도 모를 일이다. 꽃 한 송이에 아름드리만하게 큰 누렁 덩이가 열릴지도 모르는데.

태풍의 여러 얼굴

온 세상이 맑다. 날아갈 듯 개운하다.

어젯밤 아니, 새벽까지 그 난리를 쳤는데 몇 시간 뒤 이렇게나 다른 고요를 맞다니 너무나 다른 두 얼굴이다.

2003년 9월, 추석 담날 우리 여섯 형제는 막개에 모였다.

명절에도 친정엘 가지 못하고 살던 나는 (종갓집이라 손님들 방문으로 빠질 수 없었음은 물론, 결혼 서약이기도 했다.) 혼인한 지 4년 만에, 화가 잔뜩 나서 큰아이 손을 잡고 친정으로 달려갔다. 드뎌 나도 명절에 친정에 다니러 오는 딸이 된 것이었다.

모처럼 6남매 완전체가 모여서 왁자하게 부어라 마셔라 떠들었다.

태풍이 온다 한들 대수랴, 바다에서 살아 온 경력이 얼만데… 방송에서는 요란을 떨었지만 우리는 별반 동요 없이 저녁을 맞았다.

8시가 넘을 무렵 빗방울이 거세어졌다. 바람은 미친 듯이 불어 제꼈다. 아버지는 사라호 태풍 때의 이야기를 실감 나게 하셨고, 어머니는 막 시집온 새댁의 몸으로 마당에 넘치던 바닷물이 무서웠노라고 진저리를 쳤다.

내가 태어나지도 않은 옛날이야기였다. 아무리 사나운 태풍인들, 설마 사라호만 하겠냐고 혀를 차는 동안 바람은 더욱 거세졌다.

우리 집 2층 창문까지 바닷물이 몰아쳐 일렁거렸고 아이들은 비명을 질렀다. 모두 눈이 휘둥그레졌다. 수건으로 창문을 가리며 아이들을 방으로 들여놓고 맘을 다잡는 동안 동네 사람들로부터 SOS가 몰려왔다.

장정들은 서로의 허리에 줄을 묶은 채 마을로 가서 떨고 있는 주민들을 우리 집으로 모셔왔다. 그나마 아버지가 지은 새 집은 복층이라 아래는 작업 층으로, 2층은 살림집으로 사용 중이었다.

모두들 말을 잃고 혀만 끌끌 찼다. 대대로 바다에 삶을 묶은 분들이 입을 모았다.

"이런 태풍은 처음이다."

"쎄도 너무 쎄다."

"사라호 때도 이 정도는 아니었던 게야."

다들 걱정으로 그 밤을 지샜다. 열엿새 한사리의 바닷물은 동네에 면으로 닿았고 태풍은 직설의 화풍으로 속사포를 쏘아댔다.

마당에 주차한 형제들의 차 세 대도 바다에 쓸려갔다.

마산·고성·통영·거제의 바닷가 마을은 모두가 쑥대밭이 되었다. 도로는 부서지고, 망가지고, 바닥을 드러냈다. 집은 무너지고, 쓰러지고, 세간들은 바다로 떠내려갔다. 선착장에 묶였던 배들이 마당까지 올라왔고 양식장 부표가 안방까지 밀려왔으며 그물들은 흔적 없이 해저로 가라앉았다.

친정 동네에도 인명 피해가 있었고, 인근 지역 곳곳마다 통곡이 높았다. 지하 노래방에서 놀던 이웃집 청년이 싸늘한 주검이 되어 돌아왔다.

태풍의 핵이 지나가는 동안 산 밑 도시는 놀랄 만치 조용했다.

친정 동네가 쑥대밭이 되는 동안 내서읍 구슬마을의 시댁은 평화로웠다. 빗줄기가 휘몰아치기는 했으나 평소의 태풍과 별반 다름없었다고 한다. 30분 거리의 두 곳이 이렇게 다르다니….

어제 방송에서 떠들던 요란함에 비해, 오늘 태풍은 별반 흔적 안 남기고 떠났다. 예전에 겪은 태풍 매미와는 비교도 안 되지만, 우리는 내일을 예비한다.

자식을 잃은 동네 언니는 여전히 아프시다. 아들을 가슴에 묻고는 '태풍'이라는 말만 들어도 억장이 무너진다.

집을 떠내려 보내고 새로 지은 이장님은 10년 동안 빚 갚느라 허리가 휘셨다면서도 '덕분에 좋은 집에서 산다'고 웃으신다.

우리는 알고 있다. 구름 속에도, 태풍 속에도, 하늘은 햇살을 꼬옥 품고 있으므로 우린 기다림의 새끼를 꼬며 오늘을 살리라.

내일을 또 기다리고 기다리리라.

해루질

　　우리 동네는 타성(他姓)바지들이 많았다. 시골의
여느 동네가 몇 성씨 위주의 집성촌을 이룬 것과는 달랐다.

　남, 차, 서, 윤, 강, 진, 조, 황, 변, 공, 거기에 우리나라 삼대 성
씨라 일컫는 김, 이, 박은 기본이었다.

　같은 씨족들의 마을에서는 노골적으로 드러낼 수 없는 묘한 시
기와 질투의 감정이 골목골목을 헤집고 다녔음은 물론이다.

　60년대 시골 마을은 자녀들의 유학이나 공부에 신경 쓸 시절이
아니었다. 오직 먹고 살아야 하고, 어떻게 하면 물 좋은 논을 한
뙈기라도 더 장만하여 곳간에 쌀을 그득히 쌓아놓고는 남에게 빌
리지 않고도 식구들에게 밥을 배불리 먹일 수 있느냐에 더욱 집
중할 때였다.

　어촌 마을은 어장집에도 몇 마지기의 논이나 밭이 있기 마련이
다. 그러니까 주부들은 어장막 일꾼들의 수발은 물론이고, 남정

네를 대신하여 논이며 밭일까지 해야 했으므로 그 노고가 깊었다.

우리 동네 선착장은 두 군데였다. 한 곳은 움푹하게 들어와 건너편 산과 잇닿아 있었고, 긴 주걱처럼 생긴 바다의 중간에 자리하고 있었다. 그 선착장은 멸치 어장을 하는 김씨 할배의 소유였는데, 식구들은 모두 도회에 살았다. 그러니까 할배 식구들이 나서서 동네의 어떤 문제에 개입하지는 않았으므로 만의 모든 갯벌은 접하여 사는 몇 집의 소유였다.

할매와 양구 옴마는 두 분 다 바지락을 잘 파셨다.
바지락을 씻으면 맑게 조잘거리는 껍질의 울림이 사방에 퍼졌다. 마치 갯벌에 묻혀있다가 드뎌 세상에 나왔음을 알리는 탄성이거나, 곧 세상 속에 흩어지게 될 가족들의 안위를 염려하는 탄식이거나, 미처 작별 인사를 나누지 못한 이웃들(게고동, 갯지렁이, 쏙, 동타리 등)에게 보내는 마지막 인사인 듯싶었다.

철구 옴마는 눈이 밝으셔서 해(해루질)를 잘 보셨다.
밤이면 횃불을 높이 들고 갯벌을 뒤졌다. 횃불을 따라 나온 낙지와 앙살게와 해삼과 성게들은 다른 해산물에 비해 상대적으로 비싸게 팔렸다. 소가 일에 지쳐 쓰러져도 낙지 두 마리만 삶아 먹이면 벌떡 일어선다는 말이 있을 정도로 시골에서도 낙지는 대접

받는 해산물이었다.

서울로 떠난 남편이 식솔들을 부를 때까지 먹고 사는 문제를 해결해야 했던 철구 옴마는 세 아들 중 한 명을 교대로 깨워 해를 보러 나가셨다. 해를 보는 일은 절대로 혼자 할 수 없었으므로.

한 사람은 횃불과 기름통을 들고 불을 비춰야 했고, 눈 밝은 옴마는 낙지가 대가리를 들고 있을법한 지점을 정확히 찾아내야 했다. 물컹하면서 밋밋하고 보호색 몸통은 뻘이나 바위와 흡사하여 쉬이 찾아낼 수 없었다.

그 일은 철구 옴마를 따라갈 사람이 없었다. 오랜 경험은 물론 감(感)도 잘 잡아야 했고, 물때를 잘 맞춰야 했고, 해저 지형까지 읽는 선구안이 필요했다. 마치 바닷속 보물지도를 살펴보는 매서운 눈길로 포획물을 건져 올려야 했으므로.

그렇게 잡은 해산물은 동신호를 타고 마산으로 나가 팔았다. 식솔들의 양식과 반찬을, 아이들의 가방과 신발을, 학교에 낼 월사금을 마련했다. 또한 객지에 나간 가장이 가족들을 부를 때를 대비한 얼마간의 비상금까지 챙겨두었다.

어느 날, 철구네는 이사를 갔다. 서울에서 철구 아부지가 자리를 잡았다고 했다. 모두의 부러움을 사면서 이삿짐을 싸면서도 철구 옴마가 쉬이 손에서 놓지 못하던 물건들이 있었다.

그동안 가장의 빈자리를 채워주던 깡통과 횟대와 갈고리와 장화를 어찌 쉬어 버릴 수 있었으랴. 손때 묻어 반질반질하던 그 물품들을 이웃의 열이네가 물려받았다고 했다.

철구네 형제들은 서울에서 공부를 계속했다. 의리 있고 고향 사랑을 몸소 실천하는 철구는 지금도 모교 행사와 친구들 경조사에 빠지지 않고 참석한다. 서울에서 몇 시간씩 걸리는 먼 길이지만 귀향했다가 상경하는 철구 손에는 꼭 박스가 들려있다.

옴마한테 드릴 낙지와 소라 몇 마리, 해삼과 대합 몇 마리, 또한 짭조름한 바닷물과 고향 이야기 몇 가닥까지.

지난번 철구 작은아들 결혼식장에서 옴마를 뵈었다. 정정하신 몸에 정신도 맑으셨다. 식장에서야 많은 이야기를 주고받을 수 없었지만 나는 본 듯하다.

해루질로 자식들을 건사하셨던 젊고, 건강하고, 총기와 박력으로 무장되셨던 한 젊은 아낙의 아프고도 외로웠을 어느 한 시절의 청정한 눈빛을.

해당화 그리고 첫사랑

막개마을 해맞이 공원에 해당화가 핀다.

바다에서 불어오는 바람을 죄다 맞아야 하므로, 그 바람을 이겨내기 위한 외투를 입은 듯 온몸이 가시로 촘촘했다. 해당화는 가시덤불 같은 꽃대를 곧추세워 연분홍 꽃송이를 피우고 있었다.

활짝 핀 해당화와 겹쳐 '사랑'이란 낱말이 떠올랐다. 꽃말은 '여인의 숨결', '그리움'이란다. 내 어릴 때 옴마가 불러주던 노래 구절이 실타래처럼 풀려났다.

해당화 피고 지는 섬마을에 철새 따라 찾아온 총각 선생님
열아홉 살 섬색시가~~

그랬다. 섬색시는 해당화 피는 섬에서 태어나 뭍에서 전근 온 도시총각을 사랑했고 순정을 다 바쳤다. 물론 그 총각도 섬처녀를 예뻐하고 아꼈을 터이다. 그러나 언젠가는 서울로 귀향해야 하는

태생적 운명의 사나이였던 게다.

'바보같이, 따라가면 되잖아.'

그러나 삶이란 결코 단순한 것이 아니다. 섬처녀에게는 섬에서의 삶이 있기 때문이다. 총각은 '가지를 마오'란 애절한 외침을 건너 도회로 떠날 것이고, 남겨진 섬처녀는 그리움이 짙어 해당화 가시에 마음을 다쳐 찔리게 될 것이다. 온 마음에 피가 철철 흐르도록 남겨진 자의 슬픔에 젖을 것이다.

그래서 첫사랑의 슬프고도 애절한 이야기가 쓰여질 테고, 사람들의 입으로 회자되어 너얼리 울려퍼질 게다.

섬처자의 실연을 증거해 줄 최상의 꽃은 해당화가 될 것이니.

바닷바람을 맞으며 해당화는 핀다. 꽃잎은 얇고 색감은 진홍이지만 느낌은 파리하다. 꽃잎보다 가시와 잎이 강하게 어필하므로 정작 꽃은 자세히 보지 않으면 스쳐지나갈 수도 있다. 그래서 첫사랑의 꽃으로 이름할 수 있는 게다.

우리들에게 첫사랑이란, 이름 혹은 장면이나 분위기로 남은 경우가 많다. 아슴푸레하고 아릿하면서 아픔으로 남은 환영. 분명한 실체가 떠오르지 않지만 영원한 그리움으로 남은 정체불명의 그림자.

그게 첫사랑이다.

앙살게

　　시장에서 벌떡게를 만났다. 내 고향에서는 앙살게 (앙앙거리며 달려들어서?)라고 불렀다. 갯가의 바위틈에 살면서 잘도 돌아다녀 아이들 눈에도 쉽게 띄던 게였다.

　색깔은 저마다 달랐으나 생긴 모양은 비슷했다. 살이 통통하게 오른 놈도 있었고, 야위어서 그 속에 몇 톨의 살집도 머금지 않은 녀석까지 몸매는 다양했다.

　보통 게들은 6월에 산란을 한다. 벌떡게도 봄이면 암컷들은 배에 가득 알주머니를 달고 뒤뚱뒤뚱 기어 다녔다. 그럴 때는 아이들도 쉽게 그들을 잡았다.

　그 알들은 먹을 수도 없었는데, 그 알에서 수천의 새끼들이 나온다는 것을 자각하지 못하고 마구잡이로 포획했던 기억이 부끄럽다.

이들은 자갈밭을 쏘다니는 것을 좋아했고, 적이 나타나면 집게 발을 쳐들고 사정없이 공격했으며, 도망갈 때는 다리를 모두 몸에 붙여 타원형을 만든 다음 날렵하게 헤엄쳐 갔다.

가을밤에 횃불을 들고 게와 낙지를 잡으러 가곤 했다. 보통 물 때를 맞춰 나갔어야 했다.

일곱물이나 여덟물때에 썰물의 빠짐이 제일 깊었다.

깊은 뻘밭에 낙지와 문어들은 곤히 잠들어 있었고, 동그스름한 머리통을 발견하면 즉시 낚아채야만했다.

자기보호색이 짙은 낙지와 문어들은 뻘밭에 교묘히 몸을 숨겼고, 서툰 손길이 닿으면 걸음아 나 살려라 내뺐으므로 재빠른 손놀림이 필요했다.

그러나 게를 잡기에는 대여섯물때가 더 좋았다. 썰물의 끝자락을 지나 밀물이 시작될 즈음, 게들은 민첩하게 물결 따라 올라왔다. 그럴 때는 가만히 잠자는 게들보다 잡기는 어려웠지만 눈에 띄는 정도는 훨씬 정확했으므로 서로의 움직임이 긴밀했다.

아이들이야 정적인 것보다 활동하는 게 더 좋은 법, 나 또한 앙살게를 쫓아 옷이 젖는 줄 모르고 자갈밭을 달리기도 했으니….

　저 벌떡게를 한 바가지 사서 게장을 담을까, 된장국을 끓일까, 그냥 삶아 먹을까, 고민하다가 발길을 돌렸다.

　50년 전, 어미의 배에 두툼히 붙어있던 알집을 도로 바다에 보내주지 못한 죄, 알밴 그 어미를 그대로 살려주지 못한 죄를 기억하며.

생멸치 조림에 상추쌈

아침 해가 뒷산에 봉긋이 솟아 집집마다 밥 짓는 연기가 피어오를 즈음 마당 너머의 갯가는 시끌벅적했다.

울 아부지의 정치망 어장에서 잡아 온 공멸치(까나리액젓용)가 모래톱 위로 쏟아졌다. 날렵하게 뻗은 공멸치들은 허리를 구부리거나 머리를 뒤틀거나 저마다의 모습으로 그물에 걸려 다음 여행을 준비 중이었다. 어른들은 그 공멸치를 더러는 삶고, 일부는 굵은 소금 넉넉히 다져 액젓을 담갔다.

다음날은 은비늘 반짝이는 멸치들의 세상이었다. 떼를 지어 몰려다니는 멸치들의 습성으로 그날그날 잡히는 종류들이 달랐다. 어느 날 뭐가 잡힐지는 용왕님도 모르시는 오직 바다의 비밀이었다.

멸치들은 재빠르고 날렵했다. 사촌쯤 되는 공멸치들은 조용한 편인 데 비해 뭍에 닿는 멸치들의 태도는 사뭇 달랐다. 파닥거리며 튀어 오르고 야단법석을 부렸다. 그럴 때마다 은비늘이 새하얗게 벗겨졌다.

햇살이 닿은 비늘들은 물결 위에 점점이 떠 가며 밤하늘의 별빛처럼 빛을 냈다. 밤바다의 시거리불(고성지방의 방언, 플랑크톤이 빛을 받아 반짝이는 모양) 같았다.

아지매들은 한사코 바다로 도망치는 멸치들을 한 마리라도 놓칠세라 몸빼바지를 둥둥 걷어붙이고 다라이를 끌어당겼다. 남정네들은 나란히 대열을 이뤄 그물의 끄트머리를 잡고 한두 뼘씩 끌어당기며 추임새를 넣었다.

"어허야, 디~야! 어허야 디~야!"

"이 바다가 니 것이냐? 저 바다가 네 것이냐?"

"만선을 자랑 마라. 내일도 만선이냐! 날마다 이 맛이면 날마다 좋겠어라!"

추임새에 따라 그물은 정확히 평형대대를 이루며 갯가에 쌓였다.

배가 터지거나 머리가 따진 멸치를 골라 왼손에 멸치 꽁지를 잡고 오른손 엄지와 검지로 뼈를 발라냈다. 비린내를 맡고 집게고둥이 떼 지어 몰려왔다. 풀게, 달랑게, 칠게들이 재빠르게 멸치의 살점을 챙기는 사이 갯강구와 불가사리까지 죄다 몰려들었다.

울 옴마는 멸치에 된장을 풀고 햇마늘을 다져넣고 자작하게 졸임을 해 주셨다. 텃밭에서 갓 뜯어와 우물가에서 씻은 뒤에 물기를 촥촥 털어내고 대바구니 가득 쌓은 상추는 금방이라도 날아갈 듯 싱싱했다. 멸치쌈의 달착지근하면서 아린 비린내와 만나면 멋진 궁합을 이뤄 목젖 가득 '맛의 특별함'을 선물했다.

여전히 그리움으로 기억하는 내음이 그득하다.
어린 시절의 그 아득한 물비린내.
손가락 사이로 흘러내리던 멸치국물의 비린내.
공멸치가 익어가던 젓국 비린내.
묵은 된장 위에 생콩을 삶아 섞을 때의 콩 비린내.
땀에 젖은 아부지 목덜미서 나던 가장의 비린내.
멸치 한 마리를 쫓아 온몸을 바다에 적시던 아낙네들의 삶의 비린내.
가랑비를 잔뜩 맞은 아이들 머릿결 위로 스멀스멀 피어오르던 내일의 비린내.

멸치 조림 얹은 상추쌈은 여전히 맛나다. 옴마가 담가주시는 멸치액젓 또한 그렇다. 아직도 옴마는 제맛 나는 멸치액젓을 해마다 담으신다. 자식들과 친척들에게 손 크게 나눔하시는 것이 즐거움이다.

8장

들녘

밭매는 아가야

　　　　우리 집에는 밭이 많았다. 마주 보는 봉긋한 앞산에 10개가 넘는 밭떼기들이 계단식으로 나란했다. 밭마다 다른 작물을 심어 식량 바구니를 채워야 했고, 작물마다 김매는 방식이 조금씩 달랐다.

　　고구마밭은 이랑을 따라 설렁설렁 호미로 긁고, 무성한 콩잎 사이로 삐죽한 풀들은 힘이 없었다. 콩은 뿌리에 동그란 박테리아를 매달고 있어 그 속에 영양분을 저장하는 특징을 가져 박토에서도 잘 자라는 작물이었다.

　　들깨는 저절로 무성하게 줄기며 잎을 키워 따로 밭을 맬 필요가 없어 기특했다. 조와 수수는 시엄니와 싸운 날 매는 밭으로 알려졌다. 화나서 마구마구 호미질을 해야 하는, 다 뽑아버리듯 솎아내고 듬성듬성 세워야 알곡이 굵고 씨앗이 제대로 박히는 작물이었다. 하여 조와 수수밭을 매는 데는 왈가닥 성질이 제격이었다.

젤루 꼼꼼히 손질하고 살펴야 하는 건 깨밭이었다. 연보랏빛 참깨는 작은 초롱꽃을 마디마디 달았고 알싸한 향이 퍼졌다. 꽃의 밑동을 빨면 달달했다. 귀한 값 하느라고 귀족처럼 뻗은 몸매의 참깨 포기들은 조심히 살살 다루지 않으면 시들거나 죽었다. 예민한 참깨밭은 차분하고 꼼꼼한 손길이 필요했다.

옴마가 참깨 한 고랑을 꼼지락꼼지락 김매고 있을 때, 나는 이웃한 콩밭 세 고랑을 휘적휘적 훑었다.
"콩밭 매는 건 우리 외경이가 젤루 잘한다."
그 말에 힘을 얻어 나는 호미를 바투 잡았다.

지치거나 싫증이 나면 꿩알을 찾아다녔다. 할매께 단단히 약조를 받았으므로 결코 그 꿩알을 뺏어올 요량은 아니었다.
다만, 밭고랑에서 동글동글 모여 있는 날짐승의 알을 만나는 것, 꿩알을 보게 되면 행운이 내게 찾아올 것만 같은 두근거림 때문이었다.
알을 품으면 옴마까투리는 무척 용감하여 사람의 발자국에도 놀라지 않고 알을 보호했다. 한번은 재미로 꼬리를 잡다가 사나운 부리에 손등을 찍혀 혼비백산한 적이 있었다. 인기척을 느껴도 날아가는 대신 품속의 알을 보호하면서 공격하는 방법이란다.
나는 그때부터 꿩알에 대한 관심을 끊었고 꿩의 모성애를 기억의 창고 속에 저장했다.

내 옴마가 땡볕 아래 밭을 매면서도 시원한 그늘을 찾아 나를 쉬게 하신 것도, 녹아내려 끈적해진 알사탕을 입에 넣어주신 것도, 칭찬의 말씀을 소나기처럼 쏟아주신 것도, 모두가 찐한 모성애의 표현이셨다.

옴마까투리는 그의 모성애로 알을 부화시키고 내 옴마는 그 자신의 모성애로 나를 키우셨다. 내리사랑으로 나는 또 두 아들을 지극정성으로 돌보는 것이리라.

여름 내내 콩밭, 고구마밭, 수수밭, 조밭, 참깨와 들깨밭을 매고 나면 방학은 눈 깜짝할 사이 지나갔다. 고전 읽기, 무용 연습, 글짓기 수업으로 학교에 간 동안 내 엄마의 허리는 휘청거리며 밭고랑을 지나갔으리~

요즈음엔 '국산 수수'와 '국산 조'가 귀하다. 작황이 부실하여 채산성이 맞지 않아서다. 나는 밭매기에 질려서 콩이랑 고구마, 수수와 조를 먹지 않았다.

그런데 이 나이가 되니 그것들이 그립다.

모두를 가마솥에 쏟아붓고 넉넉히 밥을 짓고 싶다. 그 밥을 이웃들과 둘러앉아 시원한 열무김치 국물과 호박잎쌈 싸 먹고 싶다.

이젠 그리운 것은 그리운 대로 내 맘에 둘 거야…

흠흠…, 이문세의 옛사랑을 흥얼거려본다. 옛사랑이 어디 사람
에게만 해당되랴.

무성한 콩밭 고랑을 지나가는 소녀가 보인다. 몸은 콩밭에 있
어도 마음은 알프스의 소녀 하이디를 만나는, 소공녀 세라와 빨
강머리 앤과 작은아씨 조 마치를 만나는 꿈꾸는 소녀가 콩밭 고
랑을 걸어가고 있다.

무논에 벼를 심고, 풋감도 심고

　　　　　　무논에 올챙이 놀고 개구리 울더니 어느덧 논고둥
들이 터를 잡았다. 조평벼, 중생종, 만생종, 6월 이모작까지 벼들
은 모두 논에 심겨진 채 장맛비를 맞고 있다.
　나직한 들판에 추억이 자박자박 걸어간다. 유년의 기슭으로 이
어지는 논둑길은 길고도 아슴하다. 잔잔한 발자국이 시나브로 내
가슴에 흔적을 남기던 것을 못 본 척했지만, 비로소 오늘 55년 전
의 논둑길을 걸으러 간다.

　　보리를 베어 낸 논에 써레질하여 물을 잡았다. 이모작(같은 장
소에 두 종류의 농작물 재배) 하는 밀과 보리는 물 빠짐이 좋아야
했고, 벼는 물속에서 계속 자라는 작물이므로 물이 안 빠지게 가
둬야 하는 논둑이 문제였다.

　　농부에게 중요한 일은 여럿이지만 벼농사를 제대로 짓기 위해

서는 무논을 잘 만드는 것이 첫 번째 일이었다. 써레질로 잘 이갠 진흙을 당그래(고무래)로 끌어올려 반질반질한 논둑을 만들었다. 예민한 순유 아재는 미장에 쓰는 흙손까지 동원하여 작품 같은 논둑을 만들어 내셨다.

논둑이 꾸둘꾸둘 마르면 낙서를 하거나 그림 그리는 놀이는 아이들의 비밀스런 권리였다.

개구쟁이 양구는 타박타박 발자국을 만들었고, 형식이는 지날 때마다 돌팔매질을 해댔다. 조그만 몽돌이 단추처럼 까맣게 논둑에 박혔다. 순유 아재는 그런 장난질을 다 알면서도 "어험, 어험" 기침을 하거나 "이 노~옴들!" 한 마디 진중한 호령만으로 논둑길을 거니셨다.

아이들은 생쥐처럼 날쌔게 오솔길로 도망치다가 뒤돌아서서 혀를 낼름거리며 반항했다. 무에 그리 꾸중할 일도 꾸중 들을 일도 아니지만, 음력 오뉴월 길고 긴 땡볕 아래 서면 무엇이라도 트집 잡고 시비 걸고 싶었으리~

껍질 벗겨 잘근잘근 씹어 먹던 삘기들이 뿌옇게 꽃을 피우고, 민들레는 홀씨를 날려댔다. 아까시꽃 진 자리에 밤꽃이 새하얗게 피고, 자귀나무에 도배솔 닮은 꽃송이가 벙그는 동안 더위는 수양버들 가지처럼 늘어지고 여름은 밭둑에 흐드러진 억새풀처럼 무성해져 갔다.

벼들이 착근하고 몸피를 불려 제법 단단해지면 논둑도 그에 맞춰 야물어졌다. 그 사이 고깔을 뒤집어쓴 감들이 쑥쑥 자랐다. 농약도, 비료도 귀하던 그 시절 밤톨만한 풋감을 논둑 가장자리에 꽂아놓았다.

따뜻한 논물과 뜨건 땡볕에 지친 풋감은 떫은맛이 빠지고 보들보들 결이 삭았다. 우리는 그 풋감을 나눠 먹으며 십 리 길을 걸었다. 설레발 잘 치던 덕이는 감 묻은 자릴 곧잘 잊었고, 눈치 빠른 철구는 덕이의 풋감까지 모두 파냈다.

아이들은 삶의 지혜를 하나씩 터득해갔다. 감을 박으면 봉긋 솟아오른 묻은 자리가 보이고 아이들 손이 지난 자리는 어딘가 어설펐다. 무슨 일이든지 꼼꼼히 챙기면 실수가 적고 생각 없이 무작정 취하면 자기 몫을 뺏기기도 하는, 일상의 소소함에서 비롯되는 상실과 획득을 말이다.

장마가 오면 길가 곳곳에 물이 불어났다. 범바위골 가는 길목에는 개울이 몇 개 있었다. 오빠나 언니가 있는 상선이와 수옥이는 망설임 없이 당당히 업혀서 개울을 건넜지만 맏이인 나와 경순이는 업힐 등이 없었다. 우리는 서로의 눈짓으로 맏이만의 가뭄을, 오빠와 언니 없는 설움을 읽었다.

그 시절, 나를 업어 개울을 건너주던 갑식 오빠, 상구 오빠, 점이 언니의 등을 결코 잊을 수 없다. 그들은 어느 하늘 아래, 어느 바닷가에서 남은 삶을 부지런히 노 저어 가고 계실까?

무논에 개구리가 왁자하다. 저들은 55여 년 전, 머나먼 유년의 기슭에 피던 자귀꽃이며 자운영 내음을 알고 있을까? 하긴, 모르면 어떤가.

내 가슴의 보물창고에 우리네 기억의 피륙에 인광(燐光)으로 남아 언제나 빛나고 있으면 그만인 것을!

보리누름의 가난

그해 봄은 지난했다. 야윈 연둣빛이었다. 깊고도 긴 가난이 찬연한 봄빛을 야금야금 갉아 먹는 것을 보았다. 내 나이 열 살이었다.

보리누름이면 시골살이는 팍팍하기 짝이 없었다. 그 이전 십 년쯤에는 인근 마을에 굶어 죽는 이웃도 있었다는 어른들의 이 야기를 귀동냥으로 들었다. 보리밭에는 문둥이가 수시로 나타나 서 어린아이들을 데려가 해꼬지를 한다는 흉흉한 소문도 있어 두려움이 땀띠처럼 온몸에 붙던 시절이었다.(얼마나 허무맹랑한 인 격 모욕인가!)

보리타작을 해야 그나마 꽁보리밥이라도 굶지 않고 먹던 시절 이었다. 우리 집은 어장을 했기에 잡은 생선을 되팔거나, 물물교 환으로 양식을 구했기에 망정이지. 전깃불도 들어오지 않고, 버 스를 타려면 십 리를 걸어가야 하는 깡촌의 소작인들에게 그 봄은 얼마나 야위었으랴!

보리는 익을 무렵 고꾸라지기 십상이었다. 밀과 벼들이 태풍을 만나지 않는 한 꼿꼿이 선 채, 수확의 몸을 내주는 데 반해 보리는 대궁이 익으면 허술하기 짝이 없었다.

또한 까시래기는 얼마나 까끌거리고 지독한지 보리를 베고 나면 온몸이 고슴도치에 쏘인 듯이 따끔거리고 아팠다.

농사일 중에서 제일 기피하는 일이 보리를 베고 타작하는 일이었다. 그렇지만 보리는 중요한 식량이었고, 보릿대는 거름이었고, 모내기의 기초가 되었으므로 누구도 쓴소리를 하지 못했다.

보리를 베어낸 논에 모내기할 물을 잡았다. 이것을 '무논 만들기'라 하는데 쟁기질로 보리 뿌리를 뒤집어엎고 저수지나 웅덩이의 물을 끌어내어 써레질로 평탄 작업을 하는 힘든 과정이었다.

이 모든 일들은 남정네와 힘센 소의 몫이었고, 아낙네들은 새참으로 빵떡을 굽거나 쑥털털이를 하거나 막걸리를 빚어 날랐다.

아이들은 옴마로부터 지겨운 숙제를 받아 비료포대를 들고 보리밭에 떨어진 이삭을 줍다가 개울로 달려갔다. 그 개울에는 올챙이며 비단개구리가 진을 치고 다슬기며 논고둥도 기어 다녔다. 풀숲엔 미꾸라지며 거머리도 이웃했다. 물봉선과 고마리가 꽃대를 밀어 올리는 사이로 유월의 볕은 눈이 부셨다.

해거름녘이 되면 아이들에게 자유가 주어졌다. 옆집 철구는 엉성한 그물 쪼가리를 가져왔고, 형식이는 고장 난 체(가루를 곱게 치거나 액체를 거르는 데 쓰는 용구)를 웅이는 달걀껍질이랑 쌀 반 줌을 (뭘 달걀껍질밥을 해 먹겠다고), 춘근이는 보물처럼 숨겨 둔 성냥을, 미숙이는 쪼그라진 양푼이를 저마다 하나씩 챙겨 나타나곤 했다.

아이들 등쌀에 밀려, 개울에 살던 생물들은 '걸음아 나 살려라!' 도망 중.

날쌘돌이 식이한테 잡힌 미꾸라지며 논고둥은 그날로 사망신고를 내야 했다.

'오! 그들에게 얻은 에너지로 우리가 살아가는군'

어제저녁 낙동강변 지수면 용봉마을에 갔다. 청소년 밥차에 쓸 감자와 토마토를 챙기다가 보리를 베어낸 밭에 불을 지핀 것을 보았다.

매캐한 내음이 향그럽기 그지없었다. 그 속에는 다 줍지 못한 보리 이삭도 수백 알, 빈대궁을 논바닥에 눕힌 보릿대도 몇 아름, 가을 지나 봄까지 닿은 보리 뿌리의 세월도 가득하다.

　연기가 낮게 퍼진다. 바람이 불어오는 곳으로 길을 트고 날아
오른다.

　추억은 힘이 세다고 했던가? 오래도록 옛 기억을 밀어 올리는
중이다. 그 속에 든 가난이 이젠 그리움으로 저 연기에 밀려 낙동
강변으로 날아간다.

　내 속에 있는 보리까시래기가 아직도 까끌거린다. 영원히 사그
라들지 않을 미늘이다.

　그 미늘의 힘으로 나는 오늘도 사색의 들판을 달린다.

밀밭의 공범

호리낭창한 밀밭을 지나 10리 길을 걸어 학교에 갔다. 전도고개를 헉헉대며 넘어 한 숨 돌릴 즈음 범바위골 가는 길 양쪽으로 보리밭과 밀밭이 교대로 이어졌다.

보리는 대궁이 굵고 안정적인 몸피인 데 반해, 밀은 쏘물고(촘촘하다의 사투리) 가늘었다.

날씬하고 어여쁜 아가씨를 두고 어른들은 "밀대처럼 저리 호리낭창하니 시집가면 애를 쑥쑥 낳겠냐? 밭일, 논일, 부엌일 죄다 젬병이겠다." 부러움 반, 걱정 반의 지청구를 보태주곤 했다.

밀고랑은 여리고 경중하고 여유 없이 빼곡했다. 중간중간 시꺼멓게 솟은 깜부기는 아름다운 풍경화의 불청객처럼 도드라지기도 했다. 그게 탄저병이란 이름을 달고 있단 사실은 한참 뒤에나 알았지만 말이다.

친구들끼리 서로 망을 봐주며 밀서리를 한 줌 해 와서는 밀 아랫단으로 불을 지피고 밀을 구웠다. 그때 성냥은 어디서 났을까? (필시 재작질 많은 형식이가 자기네 점방에서 엄마 몰래 주머니에 챙겨 넣었을 테지.)

불이 호로록 붙은 아래쪽은 타버리고 대궁 얇은 위로는 불길이 닿기 전에 목이 잘렸다. 잘린 송이들을 불 위에 얹고 마저 구웠다. 한편은 익고 한쪽은 생으로 남았다.

톡톡 끊어진 밀 송이를 손바닥 위에 올려놓고 사악사악~ 껍질을 벗겨낼 때의 그 쾌감이라니…. 동네 아이들은 밭둑에 둘러앉아 비밀을 공유한 공범이 되어 밀서리를 즐겼다.

섣불리 불티를 뒤적인 순이는 눈썹을 끄슬렸고, 기만이는 왼볼에 검댕을 묻혔고, 용구는 발을 헛디뎌 손바닥이 뒤집혔다. 울다가 웃다가 서로를 탓하다가 엉성하게 구운 그 밀알을 꼭꼭 씹어 껌을 만들었다. 돌멩이 많던 십 리 길에 벗이, 장난감이 되어준 그 밀껌이 그립다.

그 시절 우리는 '**서리'란 이름의 장난을 즐겼다. 밀을 꺾어오고, 고구마를, 참외를, 콩을 훔쳐와 먹었다. 간이 큰 청년들은 남의 닭장을 넘보기도 했다. 그런 장난이 혼자만의 일이었으면 도둑질이 되었을 테지만, 함께였으니 놀이가 되었고 서리가 된 것이리라.

먹을 게 귀하던 시절, 눈에 보이는 모든 것들을 입이 먼저 원하던 시절, 우리네 삶은 무던히도 야위었다. 생의 나날이 가난과 결핍으로 위태로웠다.

지금도 나는 밀서리를 즐기고 있다.

이제는 맥주로 진화해 내 식탁에 놓인, 그 호리낭창한 밀들의 이야기를 즐겨 들으며 나만의 단편소설 한 편을 마음속으로 쓰고 또 지우길 반복하며 살고 있다.

고구마, 고매, 빼때기!

우리 집엔 유난히 밭이 많았다.

논농사는 남정네들 할 일이 많았고, 밭농사는 주로 여자들이 짓도록 노동이 구성되어 있었다.

논일은 무논, 모판, 모찌기, 모내기, 김매기 등이 주이고, 한두 번으로 끝나는 단타성이 대부분이었다. 그에 비해 밭매기는 해도 해도 끝이 없어 지난한 손길을 요구하는 노동력의 끝판왕이었다.

농약도 제초제도 없던 시절, 밭둑엔 무시로 뱀이 나타났고 사람이 잡초와의 싸움에서 이기기란 애초에 불가능한 일이기도 했다. 풀이란 게 얼마나 무지막지한 존재인지는 알만한 사람은 다 알고도 남음이 있을 테다.

호미로 땅을 파면 씨앗이 발아되기 좋은 환경이 되었고, 물이 고이지 않는 황토밭의 풀은 무성하기 짝이 없었다.

고구마밭 고랑은 깊고, 이랑은 길었다. 힘 좋은 춘수 아재가 인심 넉넉한 우리 집 품삯에 반해서 쟁기질에 공을 들인 덕분이었다. 고랑을 크고 넓게 잡으면 고구마 수확량은 늘어서 소출은 좋았지만, 짧은 다리로 엎드려 밭을 매야 하는 옴마와 나는 죽을 맛이었다.

산 먼디 사래 긴 밭은 오전에 한 이랑을 매고, 점심을 먹고 난 뒤 다시 한 골을 타고 오르면 하루가 다 지나갔다. 그나마 고구마 이랑은 넓었기에 며칠 동안 부지런히 움직이면 다 맸다. 큰 밭을 해결하고 나면 작은 밭이야 누워서 떡 먹기지. 엄마와 나는 옥수수밭, 팥밭, 수수밭, 조밭, 콩밭, 깨밭 순으로 풀을 맸다. 곡식들이 자라는 속도와 키에 맞춰 밭을 매줘야 일이 수월했다.

늦여름이면 고구마 줄기를 따러 갔다. 먹성 좋은 어장 일꾼들의 끼니를 감당하려면 항상 먹을 것이 부족했다.

고구마 줄기는 껍질을 벗겨 무치기도, 콩기름에 달달 볶기도, 멸치액젓을 넉넉히 넣은 김치도 담갔다. 껍질째 가마솥에 쪄서 말린 뒤 멸치와 같이 조리거나 묵은 나물로 먹어도 좋았다.

또한 줄기째로 옮겨와서 소죽 쑤는데 썰어 넣어야 했으므로 부피와 양을 줄이는 데에도 일조했다. 집안의 여자들이 모두 매달려 몇 날 며칠을 손톱에 피가 맺히도록 고구마 줄기를 따고 벗겼다. 고구마 진액이 손바닥에 묻어 어디든 쩍쩍 들러붙었다.

옴마는 못난이 고매들을 껍질 벗겨 밥솥 맨 아래쪽에 가지런히 깔았다. 그 위에 삶아서 시렁에 얹어 둔 보리쌀을 덮고, 맨 위에는 하얀 쌀을 몇 줌 씻어 앉혔다.

어른들의 밥을 담고 남정네들의 고봉밥을 뜨고 나면 고구마로 범벅이 된 밥이 옴마와 나를 비롯한 아이들 차지였다. 달큰한 고구마 맛과 시큼한 보리쌀이 합해진 그 밥은 먹기에 불편했고, 나는 물을 부어 후루룩 마셨다.

한동안 꼴도 보기 싫어 끔찍이 멀리하던 고구마를 요새는 즐겨 먹는다. 까마득히 잠겨있던 고된 노동의 시간들이 이젠 모두 삭히고 아물어져서 그리움으로 남은 탓이다.

가을에 수확한 고구마 중 잘난 놈들은 가마니에 담겨 윗목에 차곡차곡 쌓였다. 유난히 추위에 약한 고구마는 겨울 저장에 공이 들었다.

나머지 고구마들은 갯가에 그물을 깔고 장화 신은 발로 우두둑 우두둑 씻었다. 적당히 껍질이 벗겨지면 맹물로 헹군 뒤 덕석(멍석)을 깔고 썰었다.

식구들이 모두 매달려 말린 빼때기는 매상을 통해 주정 공장에 팔려갔고, 소주의 주된 원료가 되었다. 그러고도 남은 자투리들은 자루에 담았다가 간식으로 때론 끼니로 죽을 쑤었다.

물을 넉넉히 붓고 빼때기를 먼저 푹 삶은 뒤 주걱으로 깨트린 뒤 조와 팥을 넣어 고았다. 색깔은 가무스름했지만 먹을 만했다. 몇 년 전에 욕지도와 통영의 동피랑 마을에서 빼때기죽이 특식으로 판매되는 것을 보았다.

옛 기억을 되살려 먹어보았지만 예전의 그 맛이 아니었다. 내 혀는 달콤한 설탕과 조미료에 이미 닳았고, 기억은 아슴했고, 주방장의 솜씨는 신식이 가미되어 무성의했다.

빼때기 일이 끝나면 옴마는 손가락만한 고구마들을 따로 모아 가마솥에 삶았다. 섬유질이 흘러내릴 만큼 아주 푸욱 삶은 그것들을 채반이나 소쿠리에 널어 말렸다.

가을볕에 꼬들꼬들 말라가면 노리는 입들도 많았다. 지붕에서 쪼르르 타고 내려온 쥐들은 물론이고, 까치와 직박구리, 골목길에서 술래잡기하는 아이들은 물론 지나가는 길손도 냉큼 집어 갔다.

절반 정도만 남겨도 다행이라 여기셨던 할머니는 늘 인심이 후하셨다. 배고픈 이에게 밥을 먹이고, 아픈 이를 돌봐주고, 외로운 이를 보듬어 주라 당부하셨다. 그것이 보시하는 방법이며 음덕을 쌓는 길이며 미래의 자손들에게 길잡이가 되며 등대가 된다고 이르셨다.

말랭이는 좋은 간식거리가 되었다. 긴 겨울밤 아버지 양식장에서 걷어온 홍합을 깔 때, 졸린 눈을 부비며 하품을 하는 내 입에 할매가 쏘옥 넣어주시던 달보드레한 고구마말랭이. 껌보다 말랑말랑하고 슴슴하고 달큰했다.

한 개를 다 씹고 목으로 넘길 때면 마루 밑에 묻어놓은 내 보물을 누군가에게 뺏긴 것처럼 마음이 헛헛해졌다.

그 말랭이 몇 개를 주머니에 넣어 가면 학교에서 집으로 돌아오는 십 리 길에 다정한 벗이 되어주었다. 아홉 명의 머스마들은 저마다 바삐 걷거나 재작꺼리를 찾아 딴 길로 새고, 유일한 여자 동무 상선이는 언니를 기다린다고 운동장에 남았다.

나는 '진찬이(괜히)'로 불리는 다섯째를 업어줘야 했고, 평돌바위 큰 밭에서 보리밟기에 열중이실 옴마한테 새끼줄과 낫을 배달해야 될지도 몰랐다.

동생들은 다투듯 자라가고, 나는 마치 소녀 가장처럼 노동에 절여 쓰린 날들을 달팽이처럼 내 등에 짊어지고 걸어갔다. 언제쯤 반듯한 새 길이 펼쳐질지는 아무도 모를 일이었다.

가을걷이와 추수

　　나락이 익어가는 동안 참새들이 부지런히 벼를 쪼았다. 아이들은 학교 갔다 와서 책 보따리를 던져놓고 뛰듯이 논으로 달려 나가야 했다. 아이들이 학교에 가 있는 동안은 부모님이 저끔내기(교대)로 참새를 쫓으셨다.

　"이노무 시끼는 학조 마친지가 은젠데 아즉도 안 오고 있노?"

　"오늘 벌청소 할 낀데예?"

　"와?"

　"숙제 안 해 갔다고 쌤한테 맞았심미더"

　부모들은 모른다. 왜 숙제를 안 해 갔는지, 왜 벌청소를 하는지도. 학교까지 십 리, 왕복 이십 리 길을 도시락도 안 들고 간 아들이 숙제할 시간도 없었고, 숙제를 어떻게 해야 하는지도 알지 못함을 말이다.

　그렇다고 아이들도 세세하게 숙제에 대한 이야기를 부모님께 할 수 있는 것도 아니다. 자녀들의 책이나 공책을 들여다볼 짬도,

들여다본다 해도 가르쳐줄 능력도 아니었으므로.

　그렇게 한 달 넘게 참새와 씨름하고 나락을 베는 날, 논둑에는 툭하면 뱀이 출현했다. 겨울잠을 자기 전에 속에 단단히 기름을 챙겨야 하는 뱀들은 같은 시기에 잠들 개구리를 찾아 논을 뒤졌다. 그 개구리들 또한 비축할 단백질 섭취를 위해 메뚜기와 논고둥을 찾았고.

　아이들은 뱀과도 익숙하고 개구리나 메뚜기와는 더욱 친숙했다. 용감함을 자랑한답시고 뱀을 맨손으로 때려잡거나, 돌을 던져 배가 뒤집어지도록 논둑에 길게 뻗쳐 전과를 증명하곤 했다. 개구리와 메뚜기는 구워 먹으면 맛 좋은 간식이었다.

　누구는 비위가 약해서 개구리 뒷다리 하나 먹지도 못하면서, 통째로 구워서 대가리까지 다 씹어 먹었다는 무용담을 즐겼다. 아이들은 저절로 노동과 재미를 한꺼번에 맛보면서 점점 자라났다.

조선 낫은 숫돌에 갈아야 제맛이다. 우물가 아래뜸에 얹어 둔 숫돌에 물을 붓고 쓰윽쓰윽 낫을 갈면 궂은 물이 잘박잘박 나왔다. 손가락을 대 보고 쭈욱 훑었을 때 날카로운 칼날의 감촉이 살아나야 한나절 나락을 베기에 문제가 없었다.

어른들은 서너 포기의 벼를 한 손에 잡고 '쓱싹' 베었고, 아이들은 한 포기를 겨우 손바닥 안에 넣고 낫질을 했다. 잘못해서 먼 산이라도 보며 꼼지락거리다간 날카로운 조선 낫에 손가락을 베이기 마련이다.

논바닥에 한 줄씩 깔아놓은 벼들은 포기 채 누워 가을볕에 가실가실 말라갔다. 그렇게 베어 눕힌 나락 포기를 볏짚으로 한 단씩 묶어 논둑에 차곡차곡 쌓았다. 혹시 가을비라도 내리면 모조리 다시 풀어헤쳐서 말려야 하니까.

무릇 일이란 그렇다. 처음에 제대로 하여 단단히 차비를 하지 않고 어설프게 처리하면 나중에 두벌일이 훨씬 귀찮고 힘든 일이다. 그래서 손끝이 야물고 부지런한 사람들은 처음엔 힘들어 보이지만 나중에 무슨 일이 터지면 매착의 뒤끝을 보게 되는 법이다.

나락을 베고 단을 묶는 일은 밝은 햇살 아래 했지만, 볏단을 옮겨 쌓는 일은 밤까지 계속되었다. 맨 아래편의 볏단을 어떻게 쌓느냐에 따라 낟가리의 단단함은 영속적이다. 처음 어설프게 쌓으면 위로 갈수록 엉성해져서 원하는 높이까지 쌓기도 전에 허물어지기 마련이니까.

날을 잡아 타작이 시작됐다. 예전에는 발로 밟은 동력으로 훑치기 방법의 타작을 해야 했다.

힘 좋은 장정이 가운데 버텨서고 양옆으로는 아낙이나 다른 젊은이가 섰다. 일머리에 익숙지 않은 어중잽이들은 부지런히 볏단을 날랐고, 할배와 할매들은 까꾸리(갈퀴)로 알곡 자리에 떨어진 볏짚이나 검불들을 걷어냈다.

그렇게 타작이 끝나면 아이들은 짚을 다시 논둑으로 날랐다. 그 짚들은 겨우내 어미소의 양식이 되어 새끼를 밸 것이다. 그 새끼는 가을쯤에 태어나고, 그렇게 볏짚을 잔뜩 먹여서 다음 해에는 어미소가 되어 다시 새끼를 낳을 것이니.

그 소를 팔아서 자식들 학자금을 대 주고, 하숙비를 주고, 옷을 사 입히고, 농협 이자를 갚을 것이다. 그 소를 팔아서 딸내미 시집 갈 예단을 사고, 사윗감 양복을 한 벌 해 입히고, 식구들 옷도 지어 입고, 항아리며 새 솥단지를 살 것이다.

제대로 마르지 않은 물탱이 벼들을 따로 훑어 모았다. 무쇠솥에 물을 자작하게 붓고, 푸욱 뜸이 들게 삶고 말려서 껍질을 벗기면 찐쌀이 되었다. 그것은 모내기부터 타작까지 힘든 여정을 견뎌온 식구들을 위해 특별히 만든 간식이었다. 한 줌 찐쌀을 손바닥에 들고 오래오래 씹었다.

그 속에는 봄날의 햇살도, 여름날의 장맛비도, 가을날의 달무리도 모두모두 숨어있었다. 또한 아부지의 땀 내음도, 옴마의 한숨도, 식구들 노동의 시간들이 가득히 들어 있었다.

초가 이엉

　　추수하고 남은 볏짚 중에서 키 크고 날씬한 집단들
만 따로 모아서 잘 추슬러 물에 한번 담가서 촉촉해지도록 챙긴
다. 그렇게 다듬은 짚들은 날렵하고 깔끔했다.

　　아부지는 아침 드시자마자 볕이 잘 드는 담장 밑에서 이엉을 엮
었다. 왼 다리를 길게 뻗어 받침을 하고, 오른손으로 볏짚 몇 개
피를 골라 끼우고 왼손 엄지로 조절해 가면서 길고 긴 이엉을 엮
었다. 그 이엉을 몇 동이 되도록 엮은 뒤에 돌돌 말아 세우면 눈
밝은 생쥐들이 타작하면서 다 털어내지 못한 볍씨를 찾아 동동거
리고 나왔다.

　　이엉동을 세워둔 타작마당은 아이들에게 좋은 놀이터였다. 짚
동 뒤에 숨기도 좋았고 이엉 속을 비집고 들어가면 따뜻하고 아
늑했다. 볏짚에서 솔솔 풍기는 내음은 노릿하고 아리끼리했다.

　　집집마다 이엉을 엮고 나면, 동네 장정들의 본격적인 품앗이가

시작되었다. 누군가는 이엉을 나르고, 계단을 타고 지붕으로 옮
기고, 솜씨 좋은 웅이 아부지가 아래쪽부터 지붕에 덧씌우기를 시
작하면 점점 샛노란 새 지붕이 태어났다.

"어이 좌로좌로!!"
"이번에는 우로우로!!"
"뚜디리감서 단디단디 엮으소."
"이엉 이어야 한 해 농사 마무리되는 기요."

그렇게 지붕을 골고루 둘러 가며 마무리하고, 용마루를 단장하는 것으로 기본 작업은 끝이 났다. 그 위에 새끼줄을 마름모로 촘촘히 두르는 일, 바람이 불고 비가 와도 이엉이 흘러내리지 않도록 고정시키는 일은 손끝 매운 석이 아부지가 맡으셨다.

지푸라기가 앉은 장독대를 깨끗이 닦고, 김장을 장독 안에 차곡차곡 앉히고, 흙마당을 싸리비로 싸락싸락 쓸어낼 즈음이면 겨울이 시작되었다.

장독대 식구 중에 가장 오래된 할미장독 안에서 동치미가 사각사각 익어갈 무렵이면 고구마는 저절로 결이 삭아 맛이 들었다. 빼때기는 이미 매상이 끝났고, 쫀드기는 얼추 줄었고, 처마 밑 곶감은 독에 깊이 묻혔다. 제사상에도 설 차례상에도 올려야 하니.

이젠 밤마다 고구마를 삶아서 식구들의 배를 채울 일이다. 장독 안에서 새콤하게 익은 동치미 국물 한 사발을 마시며 달달한 고구마를 베어 무는 시간. 할머니의 옛날이야기는 실타래처럼 풀어지고, 초가지붕에 둘러앉은 짚동은 가족들의 노곤한 숨소리를 들으며 천천히 삭아갈 것이다.

에필로그

에필로그

나는 꿈이 많았다.

그 꿈들을 십 년 단위로 세분화시키며 경험치를 쌓았다.

10대의 바닷가 소녀였을 때 나는 마가렛 미첼 같은 소설가를 꿈꾸었다.

20대엔 열정적인 여행가를, 30대엔 괜찮은 선생을, 40대엔 좋은 엄마를, 50대엔 도전하는 사업가가 되고 싶었다.

드뎌 60대, 나는 시골의 할배, 할매들을 만나 그분들이 살아온 이야기를 들으며 구술하는 인터뷰어가 되었다.

70대엔 동화 읽어주는 할머니, 80대엔 인생상담사가 되려 한다.

살면서 항상 원고지와 함께했다. 결국 10대의 꿈이 평생을 두고 이어진 셈이다.

늙은 어부 복만씨가 세상을 떠나던 2016년 11월의 어느 밤은 맑고 명징했다.

아부지는 새로 지은 집에서 자식들이 지켜보는 가운데 눈을 감으셨다. 그 밤 내내 파도소리가 함께했다.

막개 연남씨는 오늘 아침에 오이와 가지를 땄고 고추밭의 바랭이 풀을 뜯으셨다. 낮에는 노인정에 나가서 동네 벗들과 점심을 드실 것이고, 저녁이면 파도소리를 안고 집으로 돌아오실 것이다.

고향 사투리 채록을 내 삶의 소명으로 생각하고 있다. 바닷가의 말들을 원형질 그대로 옮겨 덩어리글로 남기고 싶다.

이 화두를 주신 분은 내 할매다. 할매가 살아계실 때 나는 젊었고 능력 부족으로 아무 일도 행하지 못했다. 땅을 치고 싶을 만치 후회스럽지만 늦게라도 깨달았으니 다행이다.

사투리는 80세 이상, 문맹(文盲)의 어른들께 채록하는 것이 가장 진실하다. 글과 표준어라는 개념을 모르는 분들의 입에서 나오는 말이야말로 훼손되지 않은 원형이다.

평생 글을 모르고 살아오신 분들의 삶이 얼마나 팍팍하고 힘들었을지 미루어 짐작하면서 그분들의 삶에 박수를 보낸다.

그동안 내가 인터뷰한 200여 분의 어르신들을 통해 배운 깨달음으로 내 삶은 더욱 단단하고 감사하다. 그 어른들이 돌아가시기 전에 육성을 채록하여 글로 남기고 싶다.

어부의 맏딸로 살아오면서 많은 것을 받았다.
노동의 언덕에서 손가락 굵어지도록 호미와 갈쿠리와 쪼새를 쥐었지만, 그 모든 경험들이 내 정신과 의식을 풍요롭게 만들어 주었다.
맏이의 삶은 책임과 의무도 무거웠지만, 부모님과 더 오랜 시간을 보낼 수 있는 기쁨과 행복도 얻는 법이다.

인생이란, 단거리 경주가 아닌 길고 힘든 마라톤이다. 그 여정에서 공평한 위무의 순간들이 드라마처럼 펼쳐지는 길고 긴 소설이다.